AF454095

Paul Scheerbart

Lesabéndio - Ein Asteroidenroman

e-artnow 2018

Hans Dominik
Das Erbe der Uraniden (Science-Fiction Klassiker)

Hans Dominik
Flug in den Weltraum (Science-Fiction-Roman): Dystopie-Klassiker

Alexander A. Bogdanow
Der rote Planet (Dystopie-Klassiker): Science-Fiction-Roman

Hans Dominik
Das stählerne Geheimnis (Dystopie-Klassiker): Science-Fiction-Roman

Hans Dominik
Die Macht der Drei

Johann Heinrich Pestalozzi
Lienhard und Gertrud (Utopischer Roman)

Alexander Moszkowski
Die Inseln der Weisheit (Utopischer Roman)Science-Fiction Klassiker

Hans Dominik
Der Brand der Cheopspyramide (Science-Fiction-Roman): Gefahr der Atomzertrümmerung

Hans Dominik
Atlantis (Science-Fiction-Klassiker)

Albert Daiber
Die Weltensegler (Science-Fiction-Roman): Drei Jahre auf dem Mars & Vom Mars zur Erde

Paul Scheerbart

Lesabéndio - Ein Asteroidenroman

Utopische Science-Fiction

e-artnow, 2018
Kontakt: info@e-artnow.org

ISBN 978-80-268-8515-3

Inhaltsverzeichnis

Personenverzeichnis

Biba.Sehr alter Pallasianer, der sich besonders für die Sonne interessiert und philosophische Bücher schreibt.

Bombimba. Ganz, jugendlicher Pallasianer, dessen Entstehung geschildert wird.

Dex. Ein Führer auf dem Stern Pallas. Die Heraufbeförderung und Bearbeitung des Kaddimohnstahls ist seine Hauptbeschäftigung.

Labu. Ein künstlerischer Führer, der sich fast nur für die Formen mit gekrümmten Linien interessiert.

Lesabéndio. Ein Führer, der mehr technische als künstlerische Interessen hat und die Erbauung eines großen Turmes am meisten fördert.

Manesi. Ein gärtnerisch veranlagter Führer, der für Rankengewächse begeistert ist und viele Pilzwiesen anlegt – auch in den Höhlen des Sterns Pallas.

Nax. Ein Bewohner des Sterns Quikko. Kommt mit neun andern Quikkoïanern durch Vermittlung von Lesabéndio und Biba auf den Pallas.

Nuse. Erbauer von Lichttürmen.

Peka. Künstlerischer Führer, der nur mit graden Kanten und Flächen arbeiten will und alle kristallinischen Formen höher schätzt als die anderen Formen.

Sofanti. Fachmann für Hautfabrikation.

Erstes Kapitel

Lesabéndio macht den Biba auf einen kleinen Doppelstern aufmerksam und sagt, daß nach seiner Meinung der Asteroïd Pallas ebenfalls ein Doppelstern sei. Biba schwärmt danach für das intensive Leben auf der Sonnenoberfläche und erklärt, daß er gerne dort sein möchte. Lesabéndio will ihn davon abbringen und liest ihm eine Geschichte vom Stern Erde vor, auf dem vor kurzem ein alter Pallasbewohner gelebt hat, ohne von den Erdbewohnern bemerkt zu werden. Zum Schlusse wird von dem irdischen Astronomen Pallas berichtet, der dem Asteroïd Pallas seinen Namen gab, der merkwürdigerweise ebenso klingt wie der Name, den die Pallasianer selber ihrem Sterne gegeben haben.

Violett war der Himmel. Und grün waren die Sterne. Und auch die Sonne war grün.

Lesabéndio machte seinen Saugfuß ganz breit und klemmte ihn fest um die sehr steil abfallende zackige Steinwand und reckte sich dann mit seinem ganzen Körper, der eigentlich nur aus einem gummiartigen Röhrenbein mit Saugfuß bestand, über fünfzig Meter hoch in die violette Atmosphäre hinein.

Mit dem Kopfe des Lesabéndio ging oben in der Luft eine große Veränderung vor sich; die gummiartige Kopfhaut wurde wie ein aufgespannter Regenschirm und schloß sich dann langsam zu; das Gesicht wurde dabei unsichtbar. Die Kopfhaut bildete danach eine Röhre, die nach vorn offen war, während sich auf ihrem Grunde das Gesicht befand, aus dessen Augen zwei lange fernrohrartige Gebilde heraustraten, mit denen der Lesabéndio die grünen Sterne des Himmels sehr deutlich sehen konnte, als wäre er ganz in ihrer Nähe.

Der heftige Biba reckte sich neben dem Lesabéndio ebenso in die violette Atmosphäre hinein. Während aber der Gummikörper des Letzteren ganz steif und grade stand, bewegte sich Bibas Gummikörper wie ein Grashalm im Winde.

Nun sagte Lesabéndio – und seine Stimme klang dabei sehr laut, da sie durch die Kopfhautröhre verstärkt wurde:

»Biba, siehst Du neben dem Stern Erde den kleinen Doppelstern?«

Biba legte nun auch seine Kopfhaut um die Ohren und machte aus der Haut auch eine Röhre und ließ auch in dieser Hautröhre seine Augen zu zwei langen Fernrohren werden.

Und der Biba entdeckte den kleinen Doppelstern ebenfalls und sagte nach einer Weile:

»Der Doppelstern hat aber nichts mit dem Stern Erde zu tun; er ist einer von den kleinen Sternen, den Asteroïden, zu denen auch der Stern Pallas gehört, auf dem wir leben.«

»Das ist«, versetzte Lesabéndio, »auch meine Meinung. Ich möchte nur gern wissen, ob wir diesen Doppelstern mal in nächster Nähe sehen könnten.«

»Ich habe«, sagte da der Biba, »diesen Doppelstern schon öfters beobachtet; er geht viel langsamer als der Pallas, und wir müssen ihn deshalb in einiger Zeit einholen. Wir werden den Doppelstern wohl bald in nächster Nähe sehen. Aber warum interessiert Dich das?«

»Das obere System des Doppelsterns«, erwiderte Lesabéndio, »sieht wie eine spitze Düte aus, deren Spitze sich oben befindet. Das untere System des Doppelsterns ist eine Kugel, die sich dreht; die Pole der Kugel befinden sich rechts und links. Erleuchtet wird die Kugel von einem Lichte, das aus dem Inneren der Düte kommt – von oben herunter kommt das Licht – aus der unten offenen Düte heraus. Das Licht erleuchtet die ganze Kugel, da sich die Pole dieser sich drehenden Kugel seitwärts rechts und links befinden. Düte und Kugel hängen also eng miteinander zusammen.«

»Ja«, sagte nun der Biba erstaunt, »das hab ich Alles längst gesehen. Warum interessiert Dich das in so außerordentlicher Weise?«

»Weil«, rief nun der Lesabéndio plötzlich sehr laut, »ich glaube, daß zum Stern Pallas auch eine solche Düte gehört – oder etwas Ähnliches. Kurzum: weil ich glaube, daß der Stern Pallas auch ein Doppelstern ist.«

Biba sagte darauf nach einer Weile:

»Ich werde darüber nachdenken.«

Dann wurden die Beiden wieder ganz klein, die Kopfhaut legte sich an den Hinterkopf, und die großen Augen lagen wieder ganz einfach neben der messerscharfen, fein gekrümmten Nase.

Um Bibas Mundwinkel glitzerten viele feine Falten, und er sprach dabei, während sein Kopf jetzt nur anderthalb Meter vom breiten Saugfuß entfernt war:

»Zweifellos haben wir das Recht, in allen astralen Dingen sehr viele Doppelsysteme zu vermuten und sehr viel Vielfältiges – ist doch unsre Sonne mit ihrem großen Trabantenheer auch nur ein derartiges Vielfältiges – ein großes Doppelsystem, in dem die Trabanten den einen Teil bilden, während die Sonne das Andere, das Höhere – die Düte ist. Wie kommt es aber, daß sich all die Trabanten von der großen Sonne fesseln ließen? Ich glaube, es ist hauptsächlich maßlose Neugierde und maßlose Bewunderung. Die beiden großen Sterne, die der Sonne am nächsten sind, bewegen sich garnicht um sich selbst, starren die Sonne immerzu an und sind ganz weg vor berauschender Bewunderung. Der dritte Stern, den wir Erde nennen, ist nicht mehr so heftig von der Intensität der Sonnenkraft mitgerissen; er dreht sich noch um sich selbst – er hats noch nicht vergessen, daß er einst auch eine Sonne war – sein Mond starrt ihn ebenso unbeweglich an – wie die beiden großen Sterne, die der Sonne am nächsten sind, die Sonne anstarren. Und mir gehts beinahe so wie diesen beiden Sternen, obgleich ich kein Stern und auch weiterab bin. Aber diese rasenden Stürme der Sonnenhaut – dieses intensive wilde unerschöpfliche zuckende Flammen-, Licht- und Glutleben reißt mich auch hin. Was soll man zu einer so unbeschreiblichen Kraft – zu solcher ungeheuren Schnelligkeit und zu solchem sprühenden trotzigen Lebensübermaß sagen? Ich möchte mich für die Stoffverhältnisse der Sonnenhaut unempfindlich und unsichtbar machen und einmal da auf der Sonnenhaut mittendrin in all dem tollen Flecken- und Protuberanzen-Leben stehen und sehen – wies denn bloß möglich ist. Es muß der höchste Lebensrausch da sein – ein Lebensrausch, gegen den alles Trabantenglück einfach müde Schlafmützigkeit ist. Oh – wenn ich da hinkommen könnte! Lesabéndio, die Sonne ist größer als alle ihre Trabanten.«

»In noch größeren Kreisen«, erwiderte Lesabéndio, »als wir bewegen sich auch Sonnen um die große Sonne, die sich in der Mitte unseres Planetensystems befindet. Weiterab von der Mitte – weiterab als die Pallasbahn – gibt es auch große Sonnen, die sich wie wir um unsre Mittelpunktssonne bewegen, warum willst Du Deine Gedanken nur dieser widmen? Und – haben wir nicht auch auf unserm Stern Pallas genug zu bewundern?«

Biba bewegte vier seiner Arme, aus denen sich viele lange Finger herausstreckten, bedeutsam in der Luft herum und machte dann seine Arme zehn Meter lang und deutete mit allen Fingern zitternd nach der grünen Centralsonne, die als dickster grüner Stern oben im violetten Himmel sanft leuchtete wie eine ganz stille, ruhige Welt.

»Sie ist nicht still und ruhig!« rief der Biba.

Und der Lesabéndio sprach nun, während der Biba wieder seine Arme und Hände in die Falten seines Körpers hineinlegte:

»Ein interessantes Buch hab ich neulich entdeckt, in dem ein Pallasianer seinen Aufenthalt auf dem Stern Erde schildert; er ist dort für die Erdverhältnisse unsichtbar und unempfindlich gewesen und ist von seinem Leben auf diesem Stern Erde garnicht so entzückt. Und so könnte Dirs auch ergehen, wenn Du mal in ähnlicher Weise auf die Sonne kämest.« Biba wurde sehr lebhaft und wollte das Buch kennen lernen, und der Lesabéndio griff mit vielen Fingern an seine Halskette, von der an feinen Fäden viele kleine Rollen herunterbaumelten. Und eine von diesen Rollen machten Lesabéndios flinke Hände auf.

Da die meisten Pallasianer ihre Augen auch ganz leicht zu Mikroskopen machen konnten, so wurden fast alle Bücher in allerkleinster Form in photographischer Manier nur für Mikroskopaugen hergestellt, sodaß jeder Pallasianer imstande war, seine ganze Bibliothek am Halsbande zu tragen.

Lesabéndio las nun aus dem Buche, das der Pallasianer, der auf der Erde gewesen war, geschrieben hatte, das Folgende langsam und deutlich vor:

»Auf dem den Pallasianern wohlbekannten Keulenmeteoriten fuhr ich durch die Bahn des Sterns Erde. Und es gelang mir da, ganz gefahrlos die Oberfläche der Erde zu erreichen. Die

Erde ist ein außerordentlich schwerer Stern, besteht aber aus Stoffen, die so vollkommen anders sind als diejenigen, die wir auf dem Pallas kennen, daß mein ganzer, doch recht umfangreicher Körper für die Bewohner der Erdoberfläche gänzlich unsichtbar und unempfindlich blieb. Ich aber konnte mit meinen vortrefflichen Augen sehr wohl alles sehen, was auf der Erde vorging. Was ich aber sah, war wohl sehr seltsam, aber doch wenig erfreulich. Die Erdbewohner konnten durch meinen Körper durchgehen, ohne daß sie es bemerkten. Ich fühlte bei solchem Durchgehen nur ein feines, nicht unsympathisches Kribbeln in meinen Gliedern. Ich versuchte, auch ins Innere der Erde zu gelangen – das war aber an allen Stellen unmöglich. Und so mußte ich auf der Oberfläche bleiben. Ich fand überall eine Vegetation, die meinen Körper ernährte. Während wir aber auf dem Pallas nur nötig haben, unsern Körper mit den Pallaspilzen in Berührung zu bringen, um den Nahrungsstoff durch unsre Körperporen aufzunehmen, war ich auf der Erde gezwungen, Pilze und Schwämme erst zu zerreiben, bevor sie von meinen Poren aufgenommen werden konnten. Entsetzt aber war ich durch die Ernährungsart der Erdbewohner; diese nehmen die Nahrung durch den Mund auf, bis ihr Leib aufquillt. Und das Furchtbarste war, daß sie andre Lebewesen töteten, zerschnitten und zerhackten und dann stück- und kloßweise in ihren Mund steckten; im Munde hatten sie steinharte Zähne, mit denen sie alles zermalmten. Ich versuchte auf alle mögliche Art, mich den Erdbewohnern bemerkbar zu machen; es gelang mir aber nicht. Die Erdbewohner sind von sehr verschiedenartiger Intelligenz, die führende Rolle hatten Lebewesen, die auf zwei Stelzbeinen mühsam sich weiterschleppten und sich Menschen nannten. Diese Menschen waren ursprünglich Raubtiere – das heißt: Lebewesen, die mit Klaue und Zahn über andre Lebewesen herfielen, sie töteten und auffraßen. Aus diesen Raubtierinstinkten entwickelten sich nun die abscheulichsten Gewohnheiten. Die Menschen vernichteten nicht nur die weniger intelligenten Lebewesen auf der Erdrinde, sie vernichteten sich sogar gegenseitig um der Nahrung willen. Und wenn ich auch nicht gesehen habe, daß sie sich gegenseitig auffraßen, so mußte ich doch sehen, wie sie in großen Horden zu Tausenden aufeinander losgingen und sich mit Schußwaffen und scharfen Eisenstücken die entsetzlichsten Wunden beibrachten, an denen die meisten nach kurzer Zeit starben.«

»Hör auf!« schrie da der Biba plötzlich und wurde ganz blau im Gesicht, »wie kannst Du mir das vorlesen? Du marterst mich ja. Soll ich glauben, daß auch die Bewohner der Sonnenoberfläche auf einer derartig niedrigen Entwicklungsstufe stehen? Niemals werde ich das glauben – ich müßte es denn mit meinen eigenen Augen sehen. Und das wäre entsetzlich. Willst Du mir meine Sehnsucht nach der Sonne rauben?«

»Aber«, sagte nun der Lesabéndio, »wie kann Dich dieser Bericht so aus der Fassung bringen? Mußt Du nicht froh sein, daß Du auf einem Sterne lebst, dessen Bewohner ein feineres Leben führen? Sieh, lieber Biba, ich möchte Dir gerne Deine ungestüme Begierde nach dem Sonnenleben abnehmen. Es ist nicht gut, wenn man so ungestüm nach einem anderen Leben sich sehnt und dabei die Vorzüge des Lebens, in dem man sich befindet, mißachtet. Auch das Leben auf der Erdhaut muß nach dem Buche, das ich hier in Händen habe, ebenfalls Vorzüge besitzen.«

»Ich bitte Dich«, sagte darauf der Biba ganz weich, »scherze nicht: Du kannst doch nicht behaupten, daß diese Erdbewohner, die sich gegenseitig in Horden vernichten, irgendwelche Lichtseiten in ihrem Leben aufweisen könnten.«

Lesabéndio lachte und widersprach und las schließlich aus dem kleine Buche, das er in seinen Händen hatte, noch das Folgende vor:

»So unglaublich es klingen mag, so muß doch gesagt werden, daß sich einzelne von diesen Menschen auch mit dem Leben der anderen Sterne beschäftigen und daß sie sich künstliche Glasaugen gemacht haben, mit denen sie die übrigen Sterne in vergrößertem Maßstabe sehen. Und besonders lustig war es, als ich hörte, daß die Menschen auch den Stern Pallas entdeckt hatten. Unsern Stern nennen sie nach dem Astronomen Pallas. Dieser Astronom heißt nämlich Peter Simon Pallas, und ich habe ihn mit eigenen Augen gesehen. Natürlich weiß dieser Pallas nicht viel von uns, aber er wußte doch, daß unser Stern gute vierzig Meilen im Durchmesser hat. Gesehen hat er von unserm Stern allerdings nur einen Lichtpunkt. Dieser Peter Simon Pallas hat natürlich nur unsre Atmosphäre gesehen, die von der Sonne und von dem uns nächsten großen Trabanten der Sonne, den die Menschen Jupiter nennen, beleuchtet wird. Aber es ist doch unglaublich seltsam, daß der Name des irdischen Astronomen, nach dem unser Stern genannt wird, genauso klingt wie der Name, den wir unserm Sterne gegeben haben. Man sollte deswegen auch über niedriger stehende Lebewesen auf anderen Sternen niemals zu schnell ein abfälliges Urteil aussprechen.«

Bibas Gesichtszüge erheiterten sich und wurden wieder hellbraun wie sonst.

Dann aber wollte der Biba das ganze Buch selber lesen, und Lesabéndio liehs ihm.

Nachdem der Biba das Buch an einem Faden seines Halsbandes befestigt hatte, beschlossen die Beiden, an der steilen Felswand emporzusteigen. Sie reckten sich wieder hoch auf, wurden dann blitzschnell wieder klein und stießen sich dann mit dem zusammengezogenen Saugfuß ab, sodaß sie in die Höhe flogen – wohl dreihundert Meter hoch.

Sie breiteten in der Luft ihre Rückenflügel aus, sodaß sie sich wieder der Felswand näherten, an der sie dann mit dem Saugfuß abermals festen Fuß faßten. Von dort aus sprangen sie wiederum hoch empor wie vorhin und kamen so mit einigen guten Sätzen zu den Gipfeln des Gebirges, das den oberen Rand des Pallas kreisförmig abschließt.

Zweites Kapitel

Es wird zunächst die Tonnenform des Pallas geschildert. Dann werden die schwirrenden Bandbahnen des Nordtrichters vorgeführt. Und dann kommt Lesabéndio mit Biba zum neuen Riesenlichtturm, den sie mit Nuse, Dex und Manesi auf Seilbahnen besteigen. Auf der Spitze des Turms erleben sie das wunderbare Schauspiel des Nachtbeginns. Während Nuse auf dem von ihm erbauten Lichtturm bleibt, begeben sich die vier anderen Herren zum Mittelpunkt des Sterns – Lesabéndio fliegt hinunter und sieht sich die Beleuchtungen des Nordtrichters an, während die drei Andern eine Seilbahn benutzen, um schneller zum Mittelpunkt des Sterns zu gelangen.

Das Gebirge, das den oberen Rand des Pallas kreisförmig abschließt, hat viele hohe Gipfel und viele schroff abfallende Felswände. Der Kreis, den dieses Gebirge bildet, hat einen Durchmesser von zwanzig Meilen.

Der Stern Pallas sieht äußerlich so aus wie eine Tonne. Die Höhe der Tonne von oben nach unten beträgt vierzig Meilen, die Breite in der Mitte dreißig Meilen. Und dort, wo die Deckel der Tonne sind, ist der Durchmesser der runden Deckelfläche oben wie unten zwanzig Meilen groß. Aber es befinden sich keine Deckel an dieser Tonne; im Innern der Tonne sind oben wie unten zwei leere Trichter von zwanzig Meilen Tiefe. Die beiden Trichter stoßen mit ihren Spitzen im Mittelpunkte zusammen. In diesem Mittelpunkte befindet sich ein Loch, das im engsten Teile noch eine halbe Meile breit ist. Durch dieses Loch sind die beiden Trichter miteinander verbunden. Die kräftig ausgebauchte Tonne dreht sich langsam um sich selbst – um die senkrechte Linie, die durch den Mittelpunkt von oben nach unten geht. Und mit Ausnahme der leeren Trichter besteht die Tonne aus festem Stoff.

Lesabéndio befand sich nun mit dem Biba auf dem oberen Rande des Nordtrichters. Und dieser obere Rand zeigte viele hohe Gebirgsgipfel. Und nach unten gings zwanzig Meilen schräg ab in die Tiefe zum Mittelloch. Aber die Wände dieses Riesentrichters waren nicht flach und glatt – sie zeigten wie der Rand oben viele zackige Gipfel und viele schroff abfallende Felswände. Aber diese Felswände waren auch nicht glatt, sondern vielfach zerrissen und von vielen tiefen Tälern durchfurcht.

Die Pallasianer hatten nun wohl die Fähigkeit, infolge ihres Saugfußkörpers hoch in die Lüfte zu springen und sich auch in den Lüften mit Hilfe ihrer Rückenflügel schwebend zu erhalten, sodaß sie leicht zu jeder Bergspitze und überallhin gelangen konnten. Diese natürliche Fortbewegungsart erschien aber den Pallasianern sehr bald nicht schnell genug. Und sie hatten daher in den beiden Trichtern unzählige sogenannte Bandbahnen hergestellt, die die Gipfel und Täler nach vielen Richtungen hin – schräg, waagrecht und auch senkrecht – miteinander verbanden.

Die Bandbahnen bestanden aus langen Bändern, die nicht viel breiter als fünf Meter waren und sich an den beiden Endpunkten auf automatisch tätigen Rollen sehr schnell fortbewegten; ein Bandstück bewegte sich oben und das andre unten. Nun brauchte der Pallasianer nur auf das Band aufzuspringen und sich mit seinem Saugfuß auf dem Bande festzuheften – so sauste er mit rasender Eile dahin. Am Schluß sprang dann der Pallasianer ab und flog mit der gegebenen Geschwindigkeit so lange durch die Luft weiter, bis er eine zweite Bahn erreicht hatte, die ihn mit derselben Schnelligkeit wie die erste weiter beförderte.

Nun liefen immer sehr viele Bandstreifen auch in andrer Richtung, sodaß alle Trichterwände nach allen Richtungen hin leicht befahren werden konnten. Die Bandstreifen bewegten sich natürlich sämtlich ohne Unterlaß, da die rotierende Tätigkeit der Rollen, um die die Bandstreifen rumgelegt waren, nicht aussetzte.

Die Bandbahnen boten ein Bild der heftigsten Verkehrsfreude; die Pallasianer flogen immerzu auf die Bänder rauf und immerzu wieder von den Bändern runter, sodaß langsam in natürlicher Bewegung dahinschwebende Pallasianer durch ihr langsames Schweben auffielen – wie träge Nichtstuer.

Um ihre Saugfüße ein wenig zu schonen, pflegten zusammenfahrende Pallasianer aufeinander zu sitzen – was zuweilen sehr drollig aussah. So saß auch der Biba mit seinem Saugfuß auf

Lesabéndios Rücken hinter den Flügeln, als die Beiden auf den Bandbahnen rasch einem ferner gelegenen Berggipfel zustrebten. Nachher saß der Lesabéndio auf dem Biba. Die Beiden kamen rasch weiter im oberen Teile des Trichters und überflogen mindestens dreißig breite Talschluchten in ein paar Augenblicken.

Und dann flogen sie rasch von der letzten Bahn ab nach oben hinauf auf die Spitze eines sehr hohen Berggipfels, auf dem Tausende von Pallasianern ganz still dasaßen und ein neues Bauwerk anstarrten.

Das Bauwerk war ein Glasturm.

Doch dieser Glasturm ragte eine volle deutsche Meile in den Weltenraum hinauf.

Und so wars sehr natürlich, daß Tausende von Pallasianern dieses neue Bauwerk ganz still anstarrten.

Der Pallasianer Nuse, der diesen Turm gebaut hatte, sah jetzt den Lesabéndio mit dem Biba heranfliegen und breitete gleich seine Kopfhaut wie einen riesigen Regenschirm seitwärts aus und brachte den Rand seiner Kopfhaut zum Schwingen. Lesabéndio und Biba taten dasselbe; so pflegten sich die Pallasianer immer zu begrüßen, wenn sie gern miteinander sprechen wollten.

Und sie sprachen miteinander.

Viele feine Falten glitzerten dabei neben den Mundwinkeln der Pallasianer. Und die messerscharfen Nasen zuckten öfters.

Der Glasturm war ein Lichtturm, der heftig leuchten sollte – in der langen Nacht. Die lange Nacht war auf dem Pallas so lang wie ein Monat auf der Erde; der Tag war ebenso lang.

Der eigentliche Lichtspender ist aber auf dem Pallas nicht die Sonne, sondern eine weiße große Wolke, die hoch über dem Nordtrichter befindlich ist.

Diese weiße Wolke leuchtete jetzt auch in vollem Glanze. Die Berge auf dem Trichterrande waren auch zumeist weiß; nur einzelne Stellen zeigten blaue und graue Farben; in der Tiefe des Trichters waren die blauen und grauen Farben dunkler und vorherrschend, sodaß man da das Weiße nur vereinzelt sah.

Die Gesichter der Pallasianer hatten gelbe Farbe – nur die Augen waren braun und die Lippen ebenfalls, während die Kopfhaut aufgesperrt innen radiale braune Streifen auf gelbem Untergrunde zeigte; die Rückseite der Kopfhaut war dunkelbraun. Der kautschukartige dunkelbraune Körper hatte viele große und kleine gelbe Flecke.

Nuse hatte schon viele Lichttürme gebaut – zumeist auf den Berggipfeln, die sich tiefer im Nordtrichter befanden – aber keiner der Lichttürme hatte den zehnten Teil der Größe erreicht, die der Lichtturm erreichte, vor dem jetzt Tausende von Pallasianern staunend dasaßen.

Nuse klagte und sagte:

»Es ist so unsäglich schwierig, die Pallasianer zu so großen Arbeiten zu überreden. Ich will doch eigentlich noch hundert solche Türme bauen. Aber meine guten Freunde wollen vorläufig noch nicht; sie wollen immer wieder was Andres.«

»Oh«, versetzte da der Lesabéndio, »das ist ja das Geheimnis unsrer Kraft: je mehr Schwierigkeiten und Hindernisse von uns zu überwinden sind, um so mehr wächst unsre Kraft. Und es läuft doch alle unsre Tätigkeit nur darauf hinaus, uns immer kräftiger, größer und bedeutender zu machen.«

Alle Tätigkeit der Pallasianer konzentrierte sich aber darum: den Stern Pallas weiter auszubauen – umzubauen – besonders landschaftlich zu verändern – prächtiger und großartiger zu machen.

Und sie hatten vor nicht allzulanger Zeit ein Material im Innern ihres Tonnensterns entdeckt, das den Horizont ihrer Baugelüste merklich erweiterte. Dieses Material hieß Kaddimohnstahl und bestand aus unzerbrechlichen meilenlangen Stangen.

Mit solchen Stangen war auch der neue Lichtturm erbaut; ohne dieses neue Material hätte man natürlich nicht so hoch in die Höhe gehen können.

Der Pallasianer Dex, der neben Nuse stand, wußte mit diesem Kaddimohnstahl am besten umzugehen; auf dem gegenüberliegenden Teile des Trichterrandes hatte er zwei riesige Bergspitzen in riesigem Bogen miteinander verbunden, und Manesi, der Vegetationsarrangeur, hatte diesen Bogen, der im Halbkreise die beiden Gipfel verband, mit hängenden und hochaufragenden Pallas-Bäumen besetzt. Auch der Manesi stand neben dem Nuse.

Nuse war nur Beleuchtungsarrangeur und sehr stolz auf seinen ganz bunten Glasturm, der übrigens im oberen Teile sehr viele Ausbuchtungen und weit heraustretende Ausläufer zeigte; die letzteren sprangen wie radiale Strahlen aus dem Turm heraus.

Als die Fünf den Turm genug bewundert hatten, machten sie aus ihren Augen wieder lange Fernrohre, schlugen die Kopfhaut wie ein Futteral um die Fernrohraugen rum und sahen sich jetzt die neue Schöpfung des Dex an, die noch nicht fertig war und gegenüber auf dem Trichterrande in einer Entfernung von zwanzig Meilen auch recht kühn in den Weltenraum hinaufragte.

Dann bat der Nuse die vier anderen Herren, mit ihm auf die Spitze des neuen Glasturmes zu steigen.

Der Himmel war dunkelviolett, und man sah auch all die grünen Sterne am Himmel – auch die dunkelgrüne Sonne, neben der ein kleiner hellgrüner Komet sichtbar wurde. Oben mitten über dem Nordtrichter leuchtete die weiße Wolke. Aber die weiße Wolke bekam schon ein paar dunkelgraue Flecke.

»Wir müssen uns beeilen!« sagte der Nuse. Und danach sprangen die Fünf in den Turm, und jeder von ihnen nahm dort ein Instrument in die Hand, das einer großen Kneifzange ähnelte.

Im Innern des Turmes rollten dicke Seile über Rollen. Diese Seile wurden mit den Kneifzangen fest angepackt – und dann wickelte der Pallasianer blitzschnell seinen Unterkörper um die langen Druckstangen der Kneifzange herum – und flog so in ein paar Sekunden zur Spitze des Turmes hinauf. Die Hemmvorrichtungen funktionierten oben auf einer Strecke von tausend Metern, sodaß sich die Zange im richtigen Moment oben von dem Seile loslöste, ohne daß der Passagier Gefahr lief, auf der Spitze des Turmes gleich weiter hinauf in den Weltenraum hinaufzufliegen.

Die Fünf waren also bald oben. Und oben sagte der Lesabéndio sehr heftig:

»Wundervoll ist ja hier die Aussicht. Ich wundre mich nur, daß wir so hoch gekommen sind. Wenn wir vom Gipfel unsrer Trichterrandberge aus uns mit Hilfe der schnellsten Bandbahnen in die Höhe schießen lassen, so erreichen wir kaum eine Höhe von dreihundert Metern, und mit solchem Turmbau kommen wir siebentausendfünfhundert Meter hoch. Wenn das nicht seltsam ist, so weiß ich nicht, was seltsamer wäre. Unsre Leuchtwolke oben hat abstoßende Kraft. Wie wärs, wenn wir nun diese abstoßende Kraft überwänden, indem wir noch höhere Türme bauten?«

»Wie willst Du«, fragte nun der Dex, »das anfangen?« »Wir bauen«, versetzte Lesabéndio, »auf jeden Trichterrandgipfel einen meilenhohen, ganz schlanken Turm, der sich nach der Mitte des Trichters hinüberbeugt. Dann verbinden wir die Spitzen dieser schiefen Türme durch einen Ring, dessen Durchmesser kleiner ist als der Durchmesser des Trichterrandes. Und dann bauen wir auf diesen Ring wieder schiefe Türme, verbinden wieder die Spitzen der schiefen Türme durch einen noch kleineren Ring – und fahren so in fünfzig bis hundert Etagen fort – dann sind wir oben mitten in der Wolke und wissen bald, was sich dahinter oder über der Wolke befindet. Ich vermute, daß da oben das Geheimnis unsres Lebens verborgen ist.«

Da schmunzelten die vier Herren, die dem Lesabéndio zugehört hatten. Und dann lachte der Nuse und sagte:

»Schöner Bauplan das! Aber ich möchte wissen, wo Du die Bauleute herbekommst. Ich kriege sie nicht zu einem zweiten Turm – und Du willst, wenn ich nicht irre, an die tausend Türme bauen.«

Dex rief danach:

»Und das Material? Ei, da müßten wir noch viel Kaddimohnstahl ausbuddeln! Obs so viel gibt? Ich glaube allerdings, daß es ganz bestimmt so viel gibt.«

Da bestürmten die Andern den Dex zu sagen, woher er das wisse. Und er erzählte ihnen etwas von seinen Entdeckungen und Vermutungen.

Währenddem wurde oben die Wolke immer dunkler und senkte sich dann mit ungeheurer Schnelligkeit hinab – und machte Nacht auf dem Pallas, indem sie sich um den ganzen Tonnenstern herumwickelte; nur unter dem Südtrichter ließ sie eine freie Aussicht in den Weltenraum übrig.

Diese Wolke bestand aus Trillionen feinster Spinngewebefäden, die sich durcheinander spannen, ohne sich zu verwickeln und zu verknoten.

Die Sterne des Himmels waren nun nicht mehr zu sehen. Dafür leuchteten im Nordtrichter Hunderte von Nuses kleineren Lichttürmen auf, und der große Lichtturm, auf dessen Spitze die fünf Herren standen, leuchtete mit vielen beweglichen buntfarbigen Scheinwerfern so mächtig in die Nacht hinein, daß aus der Tiefe des Kraters ein großes Beifallsgeschrei hervor drang.

Nun wollte Biba mit Manesi und Dex rasch zum Centralloch des Sterns, um dort die merkwürdige Musik zu hören, die sich immer beim Einbruch der Nacht hörbar machte; sie schossen wieder mit der Seilbahn auf ihren Zangen zur Tiefe hinunter und benutzten unten eine Tunnelbahn, die ebenfalls eine Seilbahn war – und auf der man auch mit Zangen in zwei Minuten die zwanzig Meilen bis zum Centralloch hinuntersausen konnte. Solche Tunnelbahnen gab es sehr viele. Und in allen Tunneln wurden an Stelle der Bandstreifen starke Seile verwandt. Nuse blieb auf seinem Turm.

Und Lesabéndio sprang von der Turmplatte aus hoch in die Höhe – er kam aber nicht fünfzig Meter hoch und breitete danach oben seine Rückenflügel aus und schwebte seitwärts schräg in den Trichter hinein und sah dabei sich langsam drehend überall die unzähligen elektrischen Lichter im Trichter. Und es waren nicht nur die Lichttürme des Nuse, die da leuchteten; alle Bäume hatten an Stelle der Früchte und Blüten größere und kleinere Ballons, die am Tage schlaff herunterhingen, nachts aber sich weit aufblähten und leuchtende phosphoreszierende Farben in die Nacht hinausstreuten.

Leuchtkäfer gabs auch – sehr viele.

Und Lesabéndio leuchtete wie alle Pallasianer ebenfalls an einzelnen Stellen seines Körpers – wenn ers wollte.

Er zog seinen langen Schlangenleib im Kreise hintenüber und erfaßte mit seinem Saugfuß seinen Hinterkopf und schwebte so langsam sich drehend mit ausgebreiteten Flügeln in bequemster Lage langsam zur Tiefe. Die Nacht war köstlich.

Drittes Kapitel

Lesabéndio schwebt langsam in großen Kurven durch den erleuchteten Nordtrichter hinab zum Centrum des Sterns, in dem die Sofanti-Musik ertönt. Er kommt durch das Centrum mit Sofanti in den Südtrichter, wo die Magnetbahnen zu finden sind. Nachdem die merkwürdigen Verhältnisse der Anziehungskraft, die im Südtrichter nächtlicher Weile vieles auf den Kopf stellen, erörtert sind, werden die beiden Führer Peka und Labu im Gespräch mit Lesabéndio vorgeführt. Danach wird die Scheinwerferuhr und das Einschlafen der Pallasianer um Mitternacht geschildert – dabei auch das Rauchen des Blasenkrautes.

Ganz langsam schwebte Lesabéndio zur Tiefe – immer mit dem Saugfuß am Hinterkopf – und dabei zog er bald den einen Flügel ein und bald den anderen, sodaß er kreiste in mächtigen hinuntergezogenen Spiralkurven.

Er kam an vielen, senkrecht aufragenden Nuse-Türmen vorüber, und er sah mit seinen Fernrohraugen alle Seiten des zwanzig Meilen tiefen Trichters und sah die vielen tiefen Grotten und all die Bergkegel, die vor den Grotteneingängen emporragten, und er sah die unzähligen breiten Brücken, die sich hoch über den Schluchten und Abhängen hinüberspannten zu den anderen Seiten, und er sah auch die vielen künstlichen Kuppeln, die manche Abgründe überwölbten – er sah die Kuppeln alle von oben – und sie waren sämtlich von unten aus von bunten Kristalllampen durchleuchtet.

Die bunte Lichtfülle des Trichters berauschte den Lesabéndio. Da gabs nur eine kleine Anzahl von dunklen Stellen. Die großen Fruchtballons glitzerten in phosphoreszierendem Licht, und die Leuchtkäfer leuchteten auch, und die Pallasianer leuchteten ebenfalls. Aber all dieses »natürliche« Licht hätte den Trichter nicht sehr hell gemacht, wenn nicht die vielen bunten Lichttürme – und die unzähligen bunten Scheinwerfer, die sich immerzu nach allen Richtungen hin drehten, ihr künstliches elektrisches Licht in den Trichter hinausgestreut hätten. Dieses künstliche Licht hatten die Pallasianer mit großen Mühen überall dort angebracht, wo sich die Anfangs- und Endstationen der Bandbahnen befanden. Und diese Bandbahnen waren überall; sie gingen quer, schräg und steil nach oben und nach unten; da gabs zehn bis zwanzig Meilen lange Bandbahnen und unzählige kürzere; von diesen führten viele ins Innere der Grotten und Höhlen hinein, von denen aus man auch an einzelnen Stellen ins tiefste Innere des Sterns gelangen konnte.

Und auf den Bandbahnen sah Lesabéndio mit seinen Fernrohraugen, während er in großen Kurven im Trichter herumkreiste, die Pallasianer auf und ab fahren – mit blitzartiger Geschwindigkeit. Und da die Körper der Pallasianer an vielen Stellen des Trichters aufleuchteten, so sahen die Wände des Trichters so aus, als führen immerfort Funken nach allen Richtungen durch sie durch.

Dieses Funkengezuck bildete den Untergrund der Trichterwände; von diesem beweglichen Lichtuntergrunde hoben sich die bunten, ganz steif und unbeweglich dastehenden Nuse-Türme kräftig ab. Und die beweglichen farbigen Scheinwerfer traten mit ihrem Licht weit aus den Wänden des Trichters heraus, sodaß auch die freie Luft des Trichters beleuchtet wurde. Und es schwebten sehr viele Pallasianer und viele Leuchtkäfer in der freien Luft, und da die Scheinwerfer sich nach allen Richtungen hin bewegten, so wurden die Pallasianer und die Käfer auch von den Scheinwerfern oft getroffen, sodaß sie deren Lichtkegel oft durch ihre Gestalt und durch die Schatten, die sie warfen, seltsam belebten.

In der Mitte des Trichters – besonders im oberen Teile desselben, war das Licht der Scheinwerfer nicht mehr so wirksam; nur die größeren Scheinwerfer warfen ihr Licht in voller Kraft sechs bis sieben Meilen hinaus; das wirkte besonders oben sehr imposant, wenn die Lichtkegel zuweilen senkrecht nach oben hinaufgingen und dort die glitzernden Spinngewebewolken, wenn sie nachts heruntergekommen waren, beleuchteten.

Lesabéndio hielt sich mehr in der Mitte, sodaß er von den Scheinwerfern selten getroffen wurde.

Und er sah dann nicht mehr die Wände mit ihren Funkenspielen und Lichttürmen an – er blickte nur noch nach unten – in den Mittelpunkt des Sterns.

Dort unten im Mittelpunkt wurde es immer heller und heller – und noch viel bunter als rechts und links.

Und eine feine Musik mit ganz lang gezogenen seltsamen Tönen drang aus der Tiefe heraus.

Diese Musik kam aus dem Centralloch, das den Nordtrichter mit dem Südtrichter verband.

Hier im Mittelpunkte, wo die Trichterwände sehr zackig und an einzelnen Stellen nur eine halbe Meile voneinander entfernt waren, hier im Mittelpunkte bildeten sich immer beim Nachtbeginn großartige Töne, die durch den Luftzug entstanden, der von der so schnell herunterkommenden Spinngewebewolke hervorgebracht wurde.

Um diese Mittelpunktsmusik des Pallas, die natürlich am besten im Südtrichter zu hören war, zu verstärken und in melodiösen Fluß zu bringen, hatte man in dem Mittelpunkte viele dünne, zumeist sehr große Hautstücke so aufgespannt, daß sie die durch die zackigen Felswände hervorgebrachten Töne in merkwürdiger Weise variierten. Und da man die Hautstücke so angebracht hatte, daß sie leicht in andre Lagen zu bringen waren, so entstanden durch die beweglichen Hautstücke wundervolle Melodieen, die natürlich durch kleine und große Schalltrichter und besondere umfangreiche Metallinstrumente ganz orchestral gemacht werden konnten.

Sofanti hieß der Pallasianer, der die Hautstücke mit Hilfe seiner Freunde herstellte. Und bei Beginn der Nacht sammelten sich im Südtrichter immer sehr viele Pallasianer, die die neuesten Sofanti-Melodieen hören wollten.

Aber über dem Centralloch im Nordtrichter – dort, wo dieser nur noch anderthalb Meilen im Durchmesser hatte, – da hatte der Dex auf Wunsch des Sofanti mit Kaddimohnstahl ein großes Gestell errichtet, in dem von allen Seiten schräg nach innen gerichtet Stahlstangen standen, die oben durch einen Ring verbunden waren, und auf diesem Ringe waren abermals schräg stehende Stahlstangen angebracht, die auch oben durch einen wieder kleineren Ring verbunden waren.

An einzelnen dieser Stahlstangen hatte Sofanti seine neuesten großen Hautstücke – sämtlich in Scharnieren beweglich – angebracht.

Als Lesabéndio dieses Stahlstangengestell erblickte, riß er plötzlich seinen Saugfuß vom Hinterkopf los und rief laut:

»Dieser Sofanti! Da hat er ja eigentlich den großen Turm, den ich oben im Großen machen wollte, hier unten im Kleinen schon gemacht. Dieser Dex! Dieser Sofanti! Also ist meine Idee vom großen Turm garnicht so neu.«

Zufälligerweise war der Sofanti grade in der Nähe und hörte sich seine Trichtermusik von oben an – und als er den Lesabéndio so laut reden hörte, rief er ihn an:

»Lesabéndio«, rief er, »warum redest Du so laut zu Dir selbst? Ich habe ja jedes Deiner Worte verstanden.«

Da erkannte der Lesabéndio den Sofanti.

Und da sprachen sie denn sehr eifrig über den großen Stahlturm und über den kleinen Stahlturm.

Und währenddem rauschte die Centralmusik in ungeheuren mächtigen Akkorden auf, daß die Wände des Nordtrichters ganz fein zitterten – und daß die Pallasianer überall von den Bandbahnen absprangen und in die Luft hinausschwebten, um die mächtigen Akkorde der neuesten Sofanti-Musik ganz genau zu hören; diese Musik machte auf die Pallasianer fast einen größeren Eindruck als der große Nuse-Turm, der eine Meile hoch war.

Während Lesabéndio mit Sofanti in die Tiefe des laut tönenden Centralloches hinunterschwebte, stand der Nuse noch immer auf seinem Turm und blickte stolz umher in die dunkle Spinngewebewolke und in den bunten funkenzuckenden lichtkegelvollen Nordtrichter, in dem auch die andren Nuse-Türme glühten und leuchteten. Oben bei Nuse war es ganz still und kein Laut von der Centralmusik zu hören.

Aber im Südtrichter schallte die Centralmusik – oft mit tausend Echos – donnernd um die Felswände rum, daß die Pallasianer immer wieder das schnelle Fahren sein ließen und lauschend in der Luft herumschwebten – mit beiden Rückenflügeln und auch mit einem. Die Musik blieb eine volle Stunde hindurch hörbar; eine Pallas-Stunde entspricht ungefähr den vierundzwanzig Stunden eines Erdtages.

Der ganze Südtrichter bildete jedoch eine Welt für sich, die mit der Nordtrichterwelt wenig gemein hatte. Die Anlagen des Südtrichters waren älter und zumeist ganz anders als die im Norden. Das hing besonders mit den merkwürdigen Verhältnissen der Anziehungskraft zusammen.

Da der Stern Pallas im Innern sehr viele ausgedehnte Hohlräume besaß, so übten alle Trichterwände eine sehr verschiedene Anziehungskraft aus. Dazu kam noch, daß die Nachtwolke alle Schwergewichtsverhältnisse in sehr empfindlicher Weise verschob. Ein Gravitationscentrum kannte man nicht; im Südtrichter konnte der Kopf der Pallasianer ruhig nordwärts gerichtet bleiben – aber während der Nacht konnte man im Südtrichter den Kopf auch nach allen andern Richtungen hinbringen, ohne körperliches Unbehagen zu empfinden; es kam somit vor, daß Pallasianer auf großen Hautstreifen, die an manchen Stellen den Trichter quer durchspannten, mit ihrem Saugfuße auf der einen Seite saßen, während auf der andern Seite der Haut auch Pallasianer saßen, sodaß oft ein Saugfuß oben und einer unten eine Stelle des Hautstückes umschloß. Dieses nahegelegene Antipodentum wirkte von weitem gesehen zuweilen sehr komisch.

Nun war der freie Raum des Trichters von unzähligen Drahtseilen durchzogen. Und viele Hautstreifen waren zwischen diesen Drahtseilen; die Zahl der Hautstreifen, die nur zum Ausruhen benutzt wurden, war aber nicht sehr groß, sodaß der freie Raum als solcher immer noch bestehen blieb. Das Verkehrsleben spielte sich in diesem freien Raume ausschließlich auf den Drahtseilen ab – und zwar wurde der Pallasianer hier durch ein Magnetblech angezogen, sodaß die Bahnen »Magnetbahnen« genannt wurden. Das Magnetblech befand sich an den Knotenpunkten der Seilbahn und konnte dort beliebig gestellt werden – auch so, daß es seine Anziehungskraft verlor. Wollte nun Jemand auf einem Seilstück, das natürlich auch zwei bis vier Meilen lang sein konnte, an einem Ringe hängend rasch dahinsausen, so hatte er erst das Magnetblechstück der nächsten Knotenstation in die richtige Lage zu bringen, was durch eine Kurbelvorrichtung allerdings leicht zu bewerkstelligen war – andrerseits doch immerhin sehr viel Zeit beanspruchte, da manchmal ein Magnetblechstück auch von andrer Seite in Anspruch genommen wurde. Die Bandbahnen des Nordtrichters waren jedenfalls bequemer, zudem wurde das Magnetblech immer wieder durch die verschiedenartige Anziehungskraft der Trichterwände in sehr erheblichem Maße irritiert, sodaß es zum Beispiel sehr schwierig war, einfach schwebend dorthin zu gelangen, wo man hingelangen wollte. Im Südtrichter schwebten deshalb die Pallasianer nur sehr selten in der freien Luft herum: fast alle benutzten die langsamen veralteten Magnetbahnen; die meisten Bandbahnen des Nordtrichters gingen achtzig-bis hundertmal schneller.

Die Hälfte der Nacht – also eine Zeit, die ungefähr einem halben Erdmonat entsprechen würde – verbrachten die Pallasianer vielfach mit geselligen Zusammenkünften. Aber dort, wo man schnell mit einer notwendigen Arbeit fertig sein wollte – und solche Stellen gabs immer – wurde auch gearbeitet.

Die Zeit wurde in der Nacht – sowohl im Südtrichter wie im Nordtrichter – durch große automatisch tätige Scheinwerferuhren angezeigt. Aber dabei betätigten sich ein paar Hundert Scheinwerfer – sie standen immer unter besonderen Winkeln zueinander – und aus dieser Winkelstellung, die eine kurze Zeit unbeweglich im Trichter sichtbar blieb, entnahm der Pallasianer, wie spät es war.

Als die Hälfte der Nacht beinahe vorübergegangen, befand sich Lesabéndio mit dem Führer Peka und dem Führer Labu im Centrum des Sterns. Und die Drei sprachen natürlich nur von dem großen Kronenturm, den Lesabéndio auf dem oberen Rande des Nordtrichters erbauen wollte. Peka und Labu lächelten zu dem Plan.

»Woher die kolossalen Arbeitskräfte nehmen?« fragten sie Beide. Peka wollte den Stern Pallas durch kristallinische, regelmäßige, säulenartig eckige, gradlinig feste, hart und starr aufstrebende Steingebilde verändern; er brachte demnach seiner Wesensart entsprechend dem Plane des Lesabéndio wenig Wohlwollen entgegen und meinte:

»Der Bau mit Kaddimohnstahl will mir nicht sehr gefallen; ein kompakteres kantiges Baumaterial wäre mir lieber.«

Labu interessierte sich dagegen mehr für den Überzug; er wollte überall Glasur, Email, Stukkatur anbringen, um damit knorrige, wurzelartig dicke, kuppel- und schildartige Formen zu bilden; er wußte nicht, was er bei dem Lesabéndio-Turm machen sollte. Lesabéndio erklärte dem Labu, daß er die Punkte, in denen mehrere Stahlstangen zusammentreffen mußten, doch im Kuppel- und Wurzelgeschmack verzieren könnte. Doch man begab sich bald, ohne sich über irgendetwas geeinigt zu haben, zur Ruhe.

Die zweite Hälfte der Nacht und die erste Stunde des Tages pflegten die meisten Pallasianer zu schlafen.

Während des Schlafes nahmen sie durch ihre Hautporen ihre Nahrung auf; sie schliefen auf Pilz- und Schwammwiesen, die sich in den blauen und grauen Talschluchten und auf den blauen und grauen Höhenzügen der Trichterwände befanden; diese nahrhaften Schwämme und Pilze wuchsen während des langen Tages wieder aufs neue.

Bevor die Pallasianer einschliefen, bildete sich an ihrem Rücken ein Hautgewebe, das bei Eintritt der Müdigkeit sich nach beiden Seiten ausspannte und hoch oben über dem Körper sich zuschloß, sodaß sich der Körper des Schlafenden gleichsam in einem großen länglichen Ballonsack befand.

In diesem Ballonsack rauchte der Pallasbewohner sein Blasenkraut, das an einem seiner links befindlichen Arme festgewachsen ist und an einem Wurzelende in den Mund gesteckt wird. Zieht der Mund nun den aromatischen Duft des Blasenkrautes ein, so kom men später durch die Nase und durch die Hautporen kleine Blasen durch, die in dem Ballon größer werden und an der Decke des Ballons haften bleiben. Die Blasen reinigen den Körper – und sie leuchten.

Der Pallasianer leuchtet nicht mehr, wenn er schläfrig wird.

Fünftes Kapitel

Es werden zunächst die Veränderungen geschildert, die ein Pallasianer in sich empfindet, wenn er einen Gestorbenen in sich aufgenommen hat. Peka kommt in diesem Zustande zum Biba, der auf der Außenseite des Pallas wohnt. Dort beobachten die Beiden viele andere Asteroïden, und Biba spricht mit Begeisterung von Lesabéndio, der im Südtrichter von Manesi abgelehnt wird, im Nordtrichter aber im Dex den ersten tatkräftigen Freund findet. Dex schildert, was er alles entdeckt hat. Zum Schlusse wird von der Geburt der Pallasianer gesprochen und eine solche geschildert.

Sobald ein Pallasianer einen Sterbenden in sich aufgenommen hatte, pflegte eine Veränderung seines Wesens bemerkbar zu werden; Eigentümlichkeiten des Gestorbenen übertrugen sich auf den, der den Gestorbenen aufnahm, und auch eine körperliche Vergrößerung und Stärkung aller Organe wurde dem Aufnehmer zuteil, sodaß diejenigen, die viele Sterbende in sich aufnahmen, eine immer größere Lebenskraft erhielten. Diese zeigte sich zunächst darin, daß der durch den Gestorbenen Gekräftigte mindestens eine ganze Nacht nicht zu schlafen brauchte und ohne Ermüdung weiter arbeiten konnte. Außerdem zeigte sich eine größere Unternehmungslust in dem Aufnehmer.

So kam es, daß Peka gleich nach erfolgter Bereicherung seiner Natur zu Biba fuhr.

Biba wohnte immer auf der Außenseite des Tonnensterns – da, wo nur sehr wenige Pallasianer wohnten; wer dort am Tage zu finden war, pflegte sich mehr mit den anderen Sternen des Himmels zu beschäftigen; man pflegte bei den auf der Außenseite des Pallas Lebenden immer sehr viele Anregungen zu finden – besonders solche, die auch für die weitere Ausbildung des Sterns Pallas verwertet werden konnten.

Um auf die Außenseite zu gelangen, konnte man nur ein paar schmale enge Tunnels benutzen, die sich nur mit Magnetschlitten befahren ließen – wenn man nicht über den Nord- oder Südtrichterrand springend und fliegend ans Ziel kommen wollte.

Peka benutzte einen Magnetschlitten, der nicht sehr schnell durch einen spärlich beleuchteten, engen und niedrigen Tunnel fuhr; die Magnetsteine der Endstation wurden elektrisch auf der Anfangsstation gestellt – und umgekehrt – und die Schlitten, die sich auf spiegelglatter gradliniger Bahn ganz leicht bewegten, standen auf allen Stationen in großer Anzahl da.

Auf der Endstation breitete Peka seine Flügel aus und stieß dabei mit dem Saugfuß auf den Boden mehrmals auf und kam so in die offene Grotte des Biba, der mit seinen Teleskopaugen die grünen Sterne im violetten Himmel betrachtete.

Biba freute sich, als ihn der Peka begrüßte. Und die Beiden sprachen gleich über Lesabéndios Nordtrichterturm.

»Lesabéndio«, sagte der Biba, »hat mich noch gestern auf einen Asteroïd aufmerksam gemacht, der ein Doppelstern ist. Sieh ihn Dir da drüben an; er ist heute schon ziemlich nahe der Pallasbahn – oben ist ein innerlich leuchtender Trichter und unten ein Kugelstern, dessen Pole rechts und links sind; der Kugelstern dreht sich mit erheblicher Geschwindigkeit. Möglich ist es nun, daß auf der Außenseite des Trichters Wesen leben, die von der Existenz der Kugel unten gar keine Ahnung haben, denn die Trichteröffnung ist viel größer als die Kugel unten. Da das Innere des Trichters glüht, während das Äußere ganz dunkel und runzelig ist, so ist es mehr als wahrscheinlich, daß kein Bewohner durch die Trichterwand durchkommt. Und der untere Trichterrand ist nach oben aufgeklappt, sodaß da keiner rüberkommen wird. Kurzum: etwas Ähnliches kann bei uns auf dem Pallas auch vorhanden sein, denn unsre Spinngewebewolke ist doch etwas allzu merkwürdig.«

»Du meinst also«, versetzte Peka, der seine Teleskopaugen sehr anstrengte, »der Pallas hätte auch noch oben einen Kugelstern?«

»Warum«, fuhr da der Biba fort, »sollen wir grade einen Kugelstern über uns haben? Wie viele komplizierte Sternsysteme haben wir schon beobachtet! Stell Dir doch nur vor, lieber Peka, daß wir über zehntausend Asteroïden entdeckt haben, die mit dem Pallas zusammen unsre Centralsonne umkreisen. Und mehr als die Hälfte von allen diesen Asteroïden bestehen immer aus mehreren Sternen. Da drüben links von der großen Sonne, die auch unsre Centralsonne umkreist und mit gradezu unheimlicher Fixigkeit sich um sich selbst dreht – siehst Du einen kleinen Asteroïd, der aus sieben Sternen besteht, die sich um einen Kreisring drehen, der in der Mitte sich auch dreht. Dieser achtteilige Asteroïd ist vor vierzehn Tagen ein Mond jener großen Drehsonne geworden. Wir können vielleicht ebenfalls mal ein Mond jener Sonne, die die Erdbewohner Jupiter nennen, werden; sie zog schon mehrere Asteroïden in ihre Bahn hinein. Es ist überhaupt zu befürchten, daß die meisten Asteroïden in die Bahnen der anderen Sonnentrabanten hineingezogen werden. Selbst die Erde zieht uns zuweilen an.«

»Was könnte denn«, fragte nun der Peka neugierig, »über unserem Nordtrichter sein? Hast Du nicht eine Vermutung?«

»Es können«, sagte Biba, »ein paar hundert Meteoriten hoch über unsrem Nordtrichter herumkreisen – vielleicht in Bahnen, die nicht einmal einen Durchmesser von fünfzig Meilen haben. Wir wissen ja, daß die Meteoriten überall im Raume zu finden sind; Hunderte von Asteroïden sind scheinbar ganz unlöslich mit sehr vielen Meteoriten verbunden. Die Anzahl dieser Meteoriten können wir fast niemals feststellen; so gut sind unsre guten Augen denn doch nicht – denn es gibt Meteoriten von fünf Meter Durchmesser – das wissen wir. Ob es nicht noch kleinere Meteoriten gibt, wissen wir nicht. Aber – wie gesagt – über unsrer Spinngewebewolke ist schlechterdings ›Alles‹ möglich. Und deshalb ist Lesabéndios Plan, mit einem Turm von hundert Meilen Höhe…«

»Verzeih mal«, rief nun der Peka heftig, »vom Rande unsres Nordtrichters bis zum Rande unsres Südtrichters sind vierzig Meilen. Wenn wir nun hundert Meilen hoch bauen, so kann doch unser ganzer Stern…«

»Was dann kommt«, versetzte lachend der Biba, »wenn der Turm gebaut ist, das wissen wir nicht – das werden wir aber wissen, wenn wir ihn gebaut haben. Übrigens: sollte uns die Sache schädlich sein, so werden wir schon durch die Verhältnisse gezwungen werden, den Bau unvollendet zu lassen. Jedenfalls wäre aber doch eine solche Kappe, selbst wenn sie nur drei Meilen hoch gebracht würde, eine köstliche Bereicherung und Krönung unsres Sterns. Ich verstehe nicht, warum wir nicht auf Lesabéndios Plan eingehen sollen.«

»Dann müßten doch«, erwiderte Peka, während er seinen Kopf traurig nach vorn überfallen ließ, »alle anderen, rein künstlerischen Pläne in die Ecke geworfen werden.«

»Nein«, sagte Biba, »es wäre doch möglich, daß sich der große Turm sehr schnell aufbauen ließe. Man kann noch nicht wissen, wie viel Kaddimohnstahl der Dex in den nächsten Tagen entdeckt. Und dann: Lesabéndio ist eine Persönlichkeit, die niemals müde wird, weil sie allen Nebenausschweifungen aus dem Wege gehen kann. Lesabéndio ist keine Vergnügungs- und Genußnatur, und er kann sich ganz um einen großen Plan konzentrieren.«

»Künstlerisch«, sagte nun der Peka müde, »ist er aber auch nicht sehr bedeutend – daher gehts mit der Konzentration.«

»Das weiß er aber«, versetzte der Biba, »er weiß, daß er nur als Charakter groß ist. Ich aber frage Dich: ist das nicht auch etwas Großes?«

Währenddem saß Lesabéndio im Südtrichter neben Manesi und sprach mit diesem von seinem Stahlturm.

»Wir kommen auf der Außenseite unsres Sterns«, sagte Lesabéndio, »sehr wohl in das Spinngewebe hinein, aber das verbrennt uns ja die Haut. Schützen wir aber die Haut durch große Ballons oder Ähnliches, so tut uns das Spinngewebe garnichts. Wir müssen also oben auf der Spitze unsres Turmes ganz, bequem so durch das Spinngewebe durchkommen, daß wir das entdecken können, was darüber ist – das was über uns ist und aller Wahrscheinlichkeit nach unsern ganzen Stern regiert.«

»Dein Turm«, versetzte da der Manesi, »ist also eigentlich nur zu Entdeckungszwecken da und nicht zu künstlerischen Verschönerungszwecken. Da tu ich nicht mit. Ich sags Dir ganz deutlich. So gern ich auch jedem Pallasianer einen Gefallen tue – allen kann man nicht zugleich dienen. Meine Rankenvegetation braucht den Turm nicht. Ich kann hier im Südtrichter Rankengewächse in großer Zahl anpflanzen – das weißt Du.«

Lesabéndio verabschiedete sich nach diesen heftig gesprochenen Worten von dem Ranken-Manesi.

Aber Lesabéndio sagte beim Abschiede:

»Deine Rankengewächse werden aber oben in freier Luft einfach köstlich aussehen – auch künstlerisch – und so meilenlang hängend – na – auf Wiedersehen!«

Danach fuhr der Turm-Pallasianer mit den schnellsten Seilbahnen auf Kneifzangen hoch hinauf zum Nordtrichterrande, wo der Dex den Kaddimohnstahl aus dem Pallas herauszog. Aufgeregt mit weit ausgebreiteten Rückenflügeln flog der Dex auf den Lesabéndio zu und rief gleich, als er diesen noch garnicht erreicht hatte: »Eine Entdeckung! Eine Entdeckung!«

Und als sie nun zusammensaßen, sagte der Dex:

»Was ich vermutete, ist zur Tatsache geworden. Wir haben, wie Du wohl weißt, jetzt drei Stellen, an denen wir den Kaddimohnstahl aus dem Pallaskörper rausziehen können. Diese drei Stellen befinden sich oben auf dem Rande unsres Nordtrichters. Nun denke Dir: ich habe heimlich an verschiedenen Stellen – auch auf dem Rande des Nordtrichters – Experimente mit starken Magnetsteinen gemacht, die dort, wo Kaddimohnstahl gefunden ist, eine eigentümliche Kraftsteigerung erfahren und auch noch andere Eigenschaften zeigen. Nun ist mir durch einen Zufall gelungen, an vier weiteren Stellen Kaddimohnstahl auf Grund meiner Magnetsteinexperimente zu finden. Selbstverständlich habe ich sofort meine sämtlichen Freunde veranlaßt, den ganzen Nordtrichterrand mit Magnetsteinen abzusuchen. Ich habe die Hoffnung, daß wir noch an fünfzig Stellen Kaddimohnstahl finden. Dann würden wir das Material zum Nordtrichterturm gleich zur Stelle haben, und der Bau könnte in den nächsten Tagen in Angriff genommen werden.«

»Halt ein!« rief da der Lesabéndio, »das übertrifft ja meine kühnsten Erwartungen.«

»Oh«, fuhr der Dex fort, »noch mehr habe ich Dir zu sagen: ich habe Grund anzunehmen, daß der großartige Stahl ganz regelmäßig verteilt ist; wir hätten demnach gar – nicht nötig, den Stahl mühsam weiterzuschleppen; wir könnten vielleicht gleich dort die ersten fünfzig Stangen errichten, wo der Stahl gefunden wird.«

Auf Lesabéndios Gesicht zuckten tausend Hautfalten und glitzerten, und das Glitzern zeigte sich auch auf den gelben Flecken des ganzen Körpers – selbst die braunen Stellen des Körpers kamen in Bewegung – so sehr freute sich der Lesabéndio.

»Das übertrifft«, sagte er leise, »tatsächlich alle meine Erwartungen.«

»Ich«, sagte nun Dex, »trete daher selbstverständlich für den Bau Deines Turmes mit allen meinen Freunden ein. Aber wir sind ja nur wenige. Wen hast Du noch außer mir?«

»Eigentlich«, erwiderte Lesabéndio, »noch gar keinen – oder nur Zusagen, die nicht viel auf sich haben. Da ist der Sofanti heute morgen ja wohl für meinen Plan interessiert worden. Aber – Du weißt ja, wie langsam sich das alles entwickelt.«

»Wir müßten«, erwiderte nun der Dex zögernd, »noch etwas Anderes entdecken. Weißt Du – was?«

»Nein!« gab der Lesabéndio still zur Antwort und sah dabei die braune Haut des Dex mit den gelben Flecken aufmerksam an und sah rechts und links neben der braunen Haut mit den gelben Flecken den violetten Himmel mit den grünen Sternen – und ringsum auf dem oberen Rande des Nordtrichters die vielen weißen Berge und darunter auch die blauen und die grauen.

Dann sahen die Beiden zur weiß leuchtenden Nordwolke empor, die, wie sie wußten, aus sogenannten Spinngeweben bestand. Und die Beiden seufzten.

»Es ist doch eigentümlich«, sagte Dex, »daß wir die Gewebe noch immer nicht näher untersuchen können, in der Nähe sind sie nicht zu ertragen – sie brennen schon auf unsrer gefleckten Haut, wenn man sich fünfzig Meter von dem Gewebe entfernt hält. Wenn wir durch Ballonhüllen geschützt sind, brennt das Gewebe nicht – aber – es weicht zurück. Und wir brauchen nur den Arm aus der Ballonhülle rauszustrecken, so brennt gleich wieder unsre gefleckte Haut. Und so kommen wir nie an das Gewebe ran, und wir wissen nicht, wer es gesponnen hat – und wozu es gesponnen wurde.«

»Warum«, fragte nun Lesabéndio, »erzählst Du mir das? Ich weiß es doch. Und Du weißt, daß ich es weiß. Du weißt, daß das jeder Pallasianer weiß. Wo willst Du hinaus?«

»Hm!« sagte der Dex, »ich will nur sagen: das Gewebe ist nur ein einziges Geheimnis auf unsrem Stern. Aber es gibt deren noch mehr. Die großen Nüsse, die sich in den Bleiadern unsres Sterns finden, haben doch noch mehr Geheimnisse in sich.«

»Ach so!« rief da der Lesabéndio, »Du meinst – wir müßten noch mehr solche großen Nüsse finden – nicht wahr?«

»Ja«, sagte der Dex, »dann hätten wir so viele Arbeiter, wie wir brauchen.«

Mit den Nüssen hatte es nun eine ganz besondere Bewandtnis: da staken nämlich die zukünftigen Pallasianer drin.

Das Geschlecht der Pallasianer zu vergrößern oder zu verkleinern – das hing ganz allein von den bereits lebenden Pallasianern ab; wollte man mehr Pallasianer haben, so brauchte man nur die in den Bleiadern gefundenen Nüsse aufzuknacken – dann sprang aus jeder Nuß ein neuer Pallasianer heraus.

Der Labu beschäftigte sich viel mit der Aufsuchung der großen Nüsse; zu ihm begaben sich nun die beiden Turmfreunde; sie wollten von ihm gerne wissen, ob man nicht eine größere Anzahl von Nüssen irgendwo entdecken könnte.

Für die Ernährung der frischgeknackten neuen Pallasianer mußte der Manesi sorgen; der wußte mit allen Vegetationsangelegenheiten wohl Bescheid.

In einer freien weißen Grotte oben am Rande des Nordtrichters fanden die Turmfreunde den Labu; er stand grade mit sechs Freunden zusammen; jeder von diesen sieben Pallasianern hatte einen schweren Bleihammer mit langem Stiel in der Hand.

Mit diesen Hammern schlugen die Sieben mit voller Kraft auf die Nuß los – und da gabs plötzlich einen lauten Knall – und die Sieben sprangen zurück.

Und dann platzte die Nuß plötzlich – die Stücke der Schale flogen zur Seite – und heraus schoß wie eine Rakete – ein junger Pallasianer, der sich gleich ganz heftig mit allen seinen Fingern das ganze Gesicht und besonders die Augen rieb.

Sechstes Kapitel

Es wird erst geschildert, was der frisch geknackte Pallasianer von dem Leben erzählt, das er vor seiner Knackung gelebt hat. Dann fahren Dex und Lesabéndio mit dem Labu in dessen kleinstes Atelier und lassen sich dort erklären, mit welchen Mitteln für die Folge die berühmten Knacknüsse aufgefunden werden können. Nachdem die beiden Turmfreunde in zwei Tagen dem Labu neue Arbeiter besorgt haben, fahren sie zum Manesi, der erklären soll, ob für die neu geknackten Pallasianer auch die genügende Anzahl von neuen Schwamm- und Pilzwiesen hergestellt werden kann. Manesi gibt befriedigende Aufklärung, ist anfänglich traurig, doch zum Schluß sehr vergnügt und zeigt seine neuen künstlichen Sonnen.

Nachdem sich der kleine Pallasianer, der erst nach einigen Tagen die ganze Größe der alten Pallasianer bekam, längere Zeit die Augen gerieben hatte, versuchte er zu sprechen, und er sagte mühsam:

»Bom-bim-ba-ri-zapa-zulli-as-as!«

Danach sprachen nun die alten Pallasianer zu dem Kleinen und setzten ihm auseinander, daß er auf dem Stern Pallas sei – und daß er doch Pallasianisch sprechen könnte und nicht in einer Sprache, die kein Pallasianer verstünde – er kenne doch die pallasianische Sprache – er solle sich doch nicht verstellen.

Der Kleine hörte das eine Weile aufmerksam an, spannte die Kopfhaut wie einen Regenschirm auf und sagte langsam:

»Ich verstehe schon, was Ihr sagt. Aber Ihr müßt mir Zeit lassen. Ich war in andern Welten. Wenn ich Euch die beschreiben könnte! Eure Sprache versteh ich.«

Danach rieb sich der Kleine wieder die Augen, machte sie lang zu Fernrohren und blickte ganz erstaunt umher.

So ungefähr benahmen sich alle kleinen, frisch geknackten Pallasianer, und sie konnten wunderbarerweise alle gleich in den ersten Stunden die pallasianische Sprache verstehen und sprechen – es ging anfänglich nur ein bißchen langsam, und manche Ausdrücke fielen ihnen nicht sofort ein, sodaß man ihnen helfen mußte.

Der Kleine, dem jetzt Lesabéndio, Dex und Labu und viele andre Pallasianer zuhörten, wurde nach seinen ersten Worten Bombimba genannt; nach ihren ersten Worten wurden alle Pallasianer genannt.

Bombimba sprach langsam das Folgende:

»Es war mir so in letzter Zeit, als flögen viele Millionen flockenartige Gebilde, die so groß wie meine Kopfhaut sind, mit mir zusammen durch eine warme Luft. Diese flockenartigen Gebilde sprachen zu mir – so wie Ihr sprecht – so wie ich jetzt auch spreche. Sie sprachen sehr lange mit mir, aber ich konnte nicht sehen, wie sie aussahen – ich hörte sie nur und fühlte sie nur. Wir sahen aber sehr große Sterne, die unzählige Arme nach allen Seiten ausreckten – Arme mit vielen langen feinen Fingern. Wir haben auch solche Finger – ich auch.«

Und der Kleine sah sich seine feinen Finger an – dann sah er sich auch seine groben starken Finger an und sagte lächelnd:

»Solche groben Finger hatten die Sterne nicht. Aber jene Kopfhautwesen haben mir unsäglich viel von den großen und von den kleinen Sternen erzählt. Ich habe auch viel vom Pallas gehört, und die Sprache, die man auf dem Pallas spricht, die hat man mir beigebracht. Doch ich lernte auch Dinge kennen, für die man mir keine Worte gesagt hat – das waren große Gluten und Dinge darin, die so flatterten. Da flog vieles mit furchtbarem Krachen auseinander – und danach zog sich wieder alles so zusammen wie eine weiche bewegliche Haut – und da gabs auch Dinge, die Farbe hatten – aber die Farbe war ganz anders, als alle die Farben sind, die wir hier sehen. Es klangen auch Töne an mein Ohr, die ganz anders klangen als Eure Worte und meine Worte. Und ich schwebte dabei so auf der Seite und hörte durch alle Dinge durch – das, was in weiter Ferne lag. Aber ich kann nicht beschreiben, wies klang. Die Worte fehlen mir dafür. Die Kopfhautwesen waren auch bald fort, und ich konnte sie nicht mehr hören. Und dann kam immer wieder das furchtbare Krachen, und so viele Dinge gingen auseinander – blitzschnell; die

Teile sausten nur so durch den Raum. Und dann fühlte ich einen Stich in meinem Körper, und ich flog hoch empor. Und dann sah ich Euch.«

Da erzählten die alten Pallasianer dem jungen, wie sie ihn geknackt hätten. Und darüber lachte der junge, machte sich ganz klein und schnellte sich dann hoch empor in die violette Himmelsluft.

Die ersten Erzählungen der frisch geknackten Pallasianer wurden immer aufgeschrieben; jeder der kleinen Pallasianer hatte immer etwas ganz Neues zu erzählen, was sich mit dem der andern kleinen nicht vergleichen ließ.

Viele Pallasianer beschäftigten sich nur mit diesen ersten Erzählungen, die sehr viel zur Kenntnis der wesentlichen Natur der Pallasianer beitrugen – aber auch unzählige neue Rätsel aufgaben; keiner der Frischgeknackten hatte so die Sprache der Pallasianer kennen gelernt wie der andre – und Alle faßten das Krachen der Hammerschläge als etwas Andres auf.

Und dann schilderten die Kleinen die Welten, in denen sie gelebt hatten, immer so, daß die alten Zuhörer die Empfindung bekamen jeder von diesen Kleinen wäre ganz wo anders gewesen als der nächste. Der eine hatte unendlich lange Zeiten in langen Röhren gelebt und sprach immerzu von den weiten Perspektiven in diesen Röhren – der nächste kannte nur Wolken, die sich feucht anfühlten – dann sprach wieder ein andrer von flackernden Flammen, die man auf dem Pallas garnicht kannte, wohl aber auf anderen Sternen sah. Auch behaupteten viele Kleine, sie hätten in Wassermassen gelebt, die man auch nicht auf dem Pallas sehen konnte – die Vorstellung von Flüssigkeiten in größeren Massen erhielten die Pallasianer nur durch die Betrachtung einiger in der Nähe befindlichen Asteroïden, auf denen Alles anders war als auf dem Pallas.

Labu wurde nun von Dex und Lesabéndio gebeten, Näheres über die Auffindbarkeit der berühmten Knacknüsse mitzuteilen.

Und der Labu führte die Beiden in sein kleinstes Atelier; er hatte zehn Ateliers – fünf in den Wänden des Nordtrichters und fünf in den Wänden des Südtrichters.

Das kleinste Atelier befand sich im Nordtrichter und war nur eine Viertelmeile hoch und ebenso breit – und nur eine einzige Meile lang.

Hier war die wichtigste Arbeitskammer des Labu; hier stellte er hauptsächlich neue Flüssigkeitsmischungen her.

Aber der Stern Pallas war ein sehr fester, harter – trockner Stern, auf dem es garnicht so leicht war, die Stoffe in die Flüssigkeitsform hinüberzuführen. Und so befanden sich die Flüssigkeitsquantitäten im schreiendsten Gegensatz zu der kolossalen Größe der Apparate, mit denen die Flüssigkeiten hergestellt wurden.

In diesen Apparaten spielten nur elektrische und magnetische Kräfte und diejenigen Kräfte, die mit diesen beiden eng verwandt waren, eine Rolle; das flackernde Feuer, das auf andern Sternen so vielfach in die Entwicklung eingriff, konnte auf dem Pallas nicht erzeugt werden; das lag an der eigentümlichen Komposition der Atmosphäre.

Als nun der Labu gefragt wurde, mit welchen neuen Mitteln er eine Entdeckung der berühmten Knacknüsse herbeiführen könnte, äußerte er sich folgendermaßen:

»Unser Stern Pallas ist sehr hart, und wir können seinen harten Gliedmaßen nur sehr schwer beikommen. Auf andern Asteroïden ist es dem Rindenbewohner zuweilen viel leichter, ins Innere der Sterngliedmaßen zu gelangen – besonders dann, wenn es möglich ist, das freie, hell flackernde Feuer zu erzeugen, das wir nicht erzeugen können auf unserm Stern, da ja die Komposition unsrer Atmosphäre dieses ganz unmöglich macht. Und das Schlimmste in unsrer Feuerlosigkeit ist, daß wir durch diese auch verhindert werden, Sprengstoffe herzustellen. Wir können wohl alles Mögliche zum Glühen und Leuchten bringen – aber die helle Flamme ist uns nicht gegeben. Und so können wir nichts in einfacher Art vernichten, um hinter dem Vernichteten in andre Sphären zu dringen.«

»Daß«, meinte nun Dex, »wir nichts vernichten können, ist auch ein Vorzug unsres Sterns; wir müssen unsern Stern sehr hochschätzen, daß er uns nicht gestattet, etwas in seinen Gliedern zu vernichten. Könnten wir das, so müßten wir annehmen, daß diese Glieder noch keine abgeschlossene, vollendete Form erhalten haben.«

Lesabéndio schüttelte erregt die Finger eines seiner rechten Arme in der Luft herum und sagte ungeduldig:

»Wir wollen aber nicht vom Thema abkommen; Labu will uns doch nur sagen, ob es ihm gelungen ist, mehr Knacknüsse zu entdecken als bisher.«

Der Labu wies mit allen Armen seiner rechten Körperseite auf seine vielen großen Maschinen und Apparate und sagte langsam:

»Wenn Ihr wüßtet, wieviel ich in den letzten Tagen gearbeitet habe, so würdet Ihr nicht so ungeduldig sein. Jawohl, es ist mir gelungen, fünfundachtzig verschiedene Flüssigkeiten herzustellen, und von diesen ist eine einzige so beschaffen, daß sie auf Pallasblei reagiert. Wenn ich nun mehr von dieser Flüssigkeit herstelle – und das wird mir gelingen, so' können wir an allen Wänden gleich feststellen, ob wir da auf eine Bleiader stoßen werden.« »Das ist ja großartig!« rief Lesabéndio.

Aber der Labu sagte lächelnd:

»Und außerdem weiß ich jetzt, daß meine Flüssigkeit, die sonst immer rot aussieht, bläuliche Flocken erhält, wenn –«

»Nun sprich doch!« rief der Lesabéndio.

»Das tu ich«, erwiderte Labu lächelnd, »erst dann, wenn Du Dir die Ungeduld abgewöhnt hast.«

Da lächelten alle Drei, und sie schwiegen ein paar Augenblicke. Und dann sagte der Labu:

»Wenn die bläulichen Flocken kommen, dann sind auch Nüsse im Blei; das weiß ich jetzt ganz genau; dreimal hats gestimmt; es wird auch öfter stimmen – immer stimmen.«

Da reckten Lesabéndio und Dex ihre Körper hoch auf – und dann beglückwünschten sie den Labu – und erzählten ihm nun, wie nötig es wäre, mehr Nüsse zu finden, um Arbeiter für den großen Nordtrichterturm herbeizuschaffen.

Da rief aber der Labu in all die Begeisterung hinein:

»Langsam müssen wir fahren; ich habe erst andert halb Liter von meiner neuen Flüssigkeit hergestellt. Besorgt mir Arbeiter, daß ich mehr herstellen kann – denn mit anderthalb Litern ist nicht viel zu machen.«

Und darauf erklärte er die Arbeiten an seinen neuen Apparaten, und Dex und Lesabéndio hatten danach zwei Tage und zwei Nächte zu tun, um eine größere Anzahl von Pallasianern zu veranlassen, das Laboratorium des Labu aufzusuchen und dort an dessen neuen Apparaten zu arbeiten.

Nachdem das die beiden Turmfreunde getan hatten, begaben sie sich zum Manesi.

Der Manesi war ganz allein auf dem Pallas imstande, darüber zu entscheiden, ob die neuen Knacknüsse, die man in größerer Anzahl zu finden hoffte, geknackt werden durften – oder nicht.

Wars dem Manesi möglich, die Pilz- und Schwammwiesen zu verzehnfachen, so konnten auch zehnmal soviel Pallasianer als bisher sich auf dem Pallas ernähren. Konnten die nahrhaften Wiesen nur verfünffacht werden, so konnten nur fünfmal soviel Pallasianer als bisher auf dem Stern Pallas leben.

Manesi empfing den Dex und Lesabéndio mit ganz traurigen Worten.

»Ja«, sagte er, »ich weiß schon, warum Ihr zu mir kommt. Ich soll Euch helfen. Und ich will Euch natürlich auch helfen. Wir helfen ja immer einander; alle Pallasianer tun das; und ich wäre kein echter Pallasianer, wenn ich nicht auch Euch helfen wollte. Aber wenn ich Euch helfe, zerstöre ich meine Lieblingsgedanken. Und das werdet Ihr nicht so ohne Weiteres wollen. Ihr werdet Rücksicht nehmen auf das, was mir das Teuerste ist.«

Dex und Lesabéndio beteuerten natürlich, daß sie keineswegs die Lieblingsgedanken des Manesi zerstören möchten. Das klang aber nicht so, daß der Manesi dadurch beruhigt wurde.

Die Drei saßen in Manesis größtem Atelier; Manesi hatte zwanzig Ateliers; das größte lag tief unten in den Wänden des Südkraters. In dem Atelier waren sehr viele neue Pflanzen zu sehen. Die Pflanzen hatten nicht alle rundliche Ballons an Stelle der Blüten – es gab auch Pflanzen mit ganz dünnen scheibenförmigen Ballons, und diese hatten an den Rändern der Scheiben lange spitze Stacheln.

Alle diese Ballons konnte der Manesi durch ein künstliches Mittel jederzeit aufblasen und im Innern phosphoreszierend machen, daß es im Innern flackerte und flirrte in unzähligen Farben.

Das künstliche Mittel, mit dem das hergestellt wurde, was draußen im Trichter nur während der Nacht möglich wurde – bestand in einer besonders gedämpften Beleuchtung von allen Seiten.

»Pilze und Schwämme«, sagte der Manesi, »kann ich in andrer Weise zum intensivsten Leben künstlich reizen: durch eine kolossale Lichtfülle! Und so ist es mir möglich, die Ballonblumen, die sonst nur nachts wachsen, auch am Tage wachsen zu lassen – durch ein besonders gedämpftes Licht. Und andrerseits kann ich die Pilze und Schwämme auch in der Nacht wachsen lassen – durch ein außerordentlich helles Licht.«

»Das ist ja großartig«, rief der Lesabéndio, »dann können wir ja Pilze und Schwämme in allen Höhlen und Ateliers wachsen lassen – dann können wir ja die Zahl der Pallasianer verzwanzigfachen.«

»Ich weiß, wie Ihr seid«, sagte der Manesi, »Ihr bedenkt aber nicht, daß unser Stern wahrhaftig nicht interessanter wird, wenn wir überall nur Pilz- und Schwammwiesen anlegen. Ihr zerdrückt mit Eurem großen Turm alle künstlerischen Errungenschaften der Pallasianer. Wo soll ich denn meine neuesten Ballonpflanzen hinbringen?«

»In die Gerippe unseres Turms!« rief da der Lesabéndio stürmisch und reckte sich hoch auf.

Da sah der Manesi plötzlich ganz lustig ins Weite und rief lachend:

»Das geht allerdings; es sind alles Rankengewächse.«

Und dann führte Manesi die beiden Turmfreunde in seine Lichthöhle und ließ dort alle seine neuen Sonnen auf einmal aufleuchten.

Dex und Lesabéndio schlugen schnell die Kopfhaut vorn zusammen; so blendete das Licht der neuen Sonnen.

Siebentes Kapitel

Lesabéndio begibt sich zum Biba, der sehr viel von der Konzentration und von der Ergiebigkeit erzählt. Biba veranstaltet danach eine Buchausgabe, um über die Natur der Doppelasteroïden aufzuklären. Es werden nun viele neue Knacknüsse gefunden, und Manesi pflanzt viele neue Pilz- und Schwammwiesen. Der Bau des Nordtrichterturms wird aber dadurch keineswegs gefördert, da die Pallasianer das ganze Unternehmen für zu waghalsig halten; besonders wird die Größe der Atmosphäre bezweifelt. Lesabéndio läßt sich danach mit Biba vom Südtrichter aus in die Südatmosphäre hineinschnellen, um die Dicke dieser Atmosphäre kennen zu lernen.

Als nun Lesabéndio einsah, daß Manesi schon für die Ernährung der neuen Pallasianer sorgen würde – da atmete er erleichtert auf.

»Alles wird besser gehen, als wir dachten!« sagte der Dex.

Und Lesabéndio sagte, daß er allein sein möchte. Er sprang draußen im Südkrater in den einen Ring der nächsten Magnetbahn und fuhr davon.

Aber lange hielt ers nicht allein aus.

Und da besuchte er wieder den Biba, der ihn sehr freudig in seiner Höhle draußen auf der Außenseite des Sterns begrüßte.

Biba sprach gleich sehr heftig Folgendes:

»Das freut mich, daß Du kommst. Mir kommt es so vor, als hätte ich die Hauptlinie in unserm Sternsystem entdeckt. Es erscheint mir nicht zufällig, daß sich so viele Sterne um einen größeren Stern – um unsre Sonne – drehen und bewegen. Diese Verehrung, die alle Planeten dem Größeren, unsrer Sonne, entgegenbringen, hat für mich etwas Vorbildliches – für alle unsre Verhältnisse; auch die Pallasianer sollen so ein Größeres immer verehren – sich ebenso wie die Planeten an ein Größeres anschmiegen. Wo wir dieses Größere zu suchen haben – das ist eine zweite Frage, die Du, glaube ich, sehr schnell beantworten wirst.«

Biba schwieg und rauchte sein Blasenkraut und ließ dabei unzählige kleine Blasen zwischen seinen gespitzten Lippen durchfliegen, daß sie, bald sich vergrößernd, leuchtend in der Höhle herumwirbelten.

Lesabéndio sagte darauf:

»Natürlich haben wir dieses Größere hoch über unserm Nordtrichter hinter der Spinngewebewolke zu suchen.«

»Diese Antwort«, versetzte der Biba, »habe ich natürlich erwartet. Und deswegen freute ich mich, als Du kamst. An diese Erkenntnis von der Bedeutung des Größeren knüpft sich aber noch viel mehr. Was wir sonst als Konzentration zu bezeichnen pflegen, das läuft auch immer nur auf eine Verehrung des Größeren hinaus; wir müssen uns an das Größere anschmiegen, wir müssen uns ganz dem Größeren ergeben, wenn wir in unserm Innern beruhigt werden wollen. Und als ein Letztes erscheint mir immer das endgültige Aufgehen in diesem Größeren. Ich glaube, daß diese Zuneigung zum Größeren durch alle unsre Planeten geht. Nur so bringen wir einen Sinn in das ständige Umkreisen unsrer großen Sonne. Nun versteht es sich ja von selbst, daß wir das Größere an verschiedenen Stellen finden können; Du findest es über unsrer Nordtrichterwolke, ich finds in unsrer großen Sonne, und diese findets in einer größeren Sonne. Die Asteroïden sind in vielen Fällen so gebaut, daß sie ein Doppelsystem bilden, in dem immer der eine Teil das Größere ist; man kann dieses Größere auch als eine Art Kopfsystem auffassen. Jedenfalls sehe ich überall ein Sichunterordnen dem Größeren gegenüber, und in diesem Sichunterordnen sollten wir alle unser Heil suchen, denn es macht uns wirklich innerlich ruhig; nehmen wir uns selbst als Gipfelpunkt, so sind wir immer an einem Ende angelangt, das wir in unsrer unendlichen Welt nicht als etwas Herrliches begreifen werden. Um immer weiter zu kommen, muß man sich immer wieder unterordnen – ja, man muß seine besten Gedanken auch immer wieder einem größeren, noch nicht gleich verständlichen Gedanken unterordnen; tut man das nicht, so ermüdet man, wird schläfrig und schlaff. So ergehts ja vielen Pallasianern, die nur daran denken, in ihrer Art ihren Stern Pallas weiter auszubauen, ohne ihre Ausbaugedanken einem höheren Sterngedanken unterzuordnen. Und deswegen finde ich, daß es uns allen prächtig bekommen wird, wenn sich die Pallasianer von jetzt ab um Deinen großen Nordtrichterrand konzentrieren. Bist Du zufrieden mit dieser Erklärung?«

Lesabéndio war selig.

»Wie«, sagte er leise, »sollte ich etwas hören, das meinem Ohrsystem angenehmer klingen könnte! Alle Sofanti-Musik im Centrum ist einfach garnichts dagegen. Jawohl, ich glaube schon, daß dieses Sichunterordnen einem Größeren gegenüber das allertiefste Geheimnis unsres Sternsystems umfaßt. Mir ist es auch immer so gegangen, daß ich mich recht unselig empfand, solange ich nur mit mir selber zusammenhing – daß ich aber ganz ruhig innerlich wurde, sobald ich mich in Gedanken an den großen Unbekannten anschmiegte, der mehr von unserm Geschick weiß als wir – und der uns lenkt, wenn wir ihn auch nicht erkennen können, dorthin, wohin wir hingelangen sollen. Es ist dieses Sichanschmiegen an den Größeren so ganz mir zur zweiten Natur geworden, daß ich garnicht mehr anders kann. Mir ist so, als wenn der Große immer unsichtbar neben mir ist. Und ich glaube, daß ich ihn noch mehr erkennen werde, wenn wir oben durch die Spinngewebewolken durchgekommen sind. Konzentration ist zweifellos nur Unterordnung unter einen größeren Plan oder Gedanken. Und deshalb denke ich jetzt an nichts Anderes als an meinen großen Turm; Dex, Labu und Manesi sind auf meiner Seite, und nun sind wir mit Dir zusammen fünf.«

»Es haben«, erwiderte nun der Biba, »unzählige Weise auch auf andern Sternen immer wieder nur den einen Gedanken gehabt, daß grade nur die Ergebenheit uns mit unserm ganzen Leben versöhnen kann. Auf einzelnen Sternen sterben Millionen von Lebewesen in jeder Sekunde – dieses große Sterben ist nur dazu da, damit die Überlebenden die großartigen Schauer der Ergebenheit kennen lernen. Man nennt das zuweilen auf andern Sternen auch Religion. Und es ist ja auch so klar, daß wir eigentlich stets etwas vor uns haben müssen, das größer ist als wir; nur so bekommen wir immer wieder einen Begriff von der kolossalen Großartigkeit der Welt. Würde es uns so leicht sein, höher zu steigen, so würden wir die Welt nicht so als Größeres und Ganzgroßes empfinden; wir müssen immer wieder zurückgedrückt und ein wenig erdrückt werden, damit wir merken, wie groß das Große der großen Welt ist – wie wir diese Größe niemals ganz ausmessen könnten. Ja – jawohl – ich glaube, ein Leben auf der Sonne könnten wir doch garnicht ertragen; wir sind ja noch garnicht soweit. Wir dürfen das Größere ganz bestimmt nicht in unsrer eigenen Sphäre unter denen suchen, die uns gleichen – aber andrerseits dürfen wir auch das Größere nicht zu weit ab von uns suchen – und die Sonne ist wohl noch zu weit ab von uns.«

»Darum«, versetzte der Lesabéndio, »bleiben wir bei unserm Turm und bei dem, was über dem Pallas ist. Könnten wir nicht vom Kopfsystem des Pallas, das da oben über uns ist, sprechen? Gibt es nicht analoge Systeme unter den Asteroïden? Könnten wir nicht alle Pallasianer auf diese analogen Systeme energisch aufmerksam machen, damit man allmählich eine allgemeine Begeisterung dem Nordtrichterturm entgegenbringt?«

Biba sagte nichts dazu; er bat nur den Lesabéndio mitzukommen. Und sie begaben sich darauf zur nächsten Schlittenbahn, fuhren auf einem Schlitten zum Mittelpunkt des Sterns, eilten dort auf einer Bandbahn zur andern Seite und kamen dann durch einen Tunnel, in dem sich rasche Drahtseile horizontal bewegten, zur anderen Außenseite des Pallas, wo der Biba ganz riesige photographische Apparate aufgestellt hatte, mit denen unter großen Glaslinsen das ganze Himmelsbild photographiert wurde. Hier zeigte der Biba dem Lesabéndio die Photographieen, auf denen alle diejenigen Asteroïden zu sehen waren, die ein Doppelsystem darstellten. Da gabs sogar Kopfsysteme, die aus hundert kleinen, sehr kompliziert gearbeiteten Sternen bestanden. Bei andern Kopfsystemen spielten feine Lichtstrahlen und atmosphärenartige Wolkengebilde eine große Rolle.

Biba sah sich in drei Tagen nicht weniger als dreitausend Photographieen von Doppelsystemen ganz genau an, und dann beschloß der Biba, einige kleine Bücher über diese Doppelsysteme herauszugeben und dabei den Stern Pallas als Doppelstern zu behandeln und zu erklären, daß die Spinngewebewolke selbst nicht das Kopfsystem zum Trichterstern Pallas darstellen könnte, da ein analoges Wolkensystem in dreitausend Doppelasteroïden bislang noch nicht gefunden sei; es müsse sich demnach das Kopfsystem des Pallas über der Spinngewebewolke befinden.

Und aus den kleinen Büchern des Biba, die in winzig kleiner Form auf photographischem Wege hergestellt wurden und bald am Halsband aller Pallasianer baumelten, ging allen Pallasianern klar hervor, daß eigentlich der Bau des Lesabéndio-Turmes nicht mehr aufzuschieben sei.

Labu fand indessen die berühmten Knacknüsse in großer Anzahl vor, und Manesi stellte zweihundert neue Schwamm- und Pilzwiesen zumeist im Innern der Pallashöhlen her, sodaß für die vielen neuen Pallasianer, wenn sie auch in großer Anzahl geknackt wurden, vollauf gesorgt war.

Gleichzeitig zeigte auch der Dex, daß der Kaddimohnstahl in ungeheuren Mengen vorhanden sei.

Und so hätte man glauben können, daß der Lesabéndio-Turm gleich gebaut werden würde. Dem aber war nicht so.

Sehr viele Pallasianer kamen oft auf dem oberen Rande des Nordtrichters zusammen und sprachen über den Turm – und erklärten bald die ganze Idee für unausführbar.

Vergeblich sprach Lesabéndio über den Wert der Konzentration; die meisten Pallasianer erklärten eine derartige Turmkonzentration für den Tod aller künstlerischen Entwicklung; es wurde auch geltend gemacht, daß eine derartige mechanische Tätigkeit den Geist der Pallasianer verblöden müsse – und daß man bei der ganzen Sache nicht vorsichtig genug vorgehen könne; man behauptete, daß das obere Stahlgestell den ganzen Pallas in eine andere Lage bringen könnte – und außerdem bezweifelte man, daß über dem Nordtrichter die Atmosphäre viel über drei Meilen hoch sei; der eine Nuse-Turm war eine Meile hoch – und man beschloß, zunächst von der Spitze des Nuse-Turms aus die Atmosphäre, die höher lag, zu untersuchen. Das hatte jedoch keinen Erfolg; man kam eben oben nicht so leicht höher hinauf.

Die Pallasianer waren alle sehr gefällig und immer bereit, einem Andern zu helfen; aber man war auch vorsichtig und sehr bedenklich; überrumpeln ließen sich die Pallasianer in keinem Falle.

Als daher Lesabéndio nach achtzehn Tagen (also nach anderthalb Erdjahren) den Biba wieder aufsuchte, waren beide anfänglich sehr traurig.

»Schlimm ist«, bemerkte der Biba, »der Zweifel an der Dicke der Atmosphäre; ich glaube selber nicht, daß die Atmosphäre überm Südtrichter und überm Nordtrichter viel mehr als zehn Meilen betragen wird. Würden wir auf einem anderen Stern leben, so könnten wir die Größe der Pallas-Atmosphäre ohne Weiteres angeben, da wir ja von einem anderen Stern aus nur die Atmosphäre unseres Sterns und nicht diesen selber sehen könnten. Wie wärs, wenn wir uns mit Hilfe der Magnetbahn unterm Südtrichter abschießen ließen?«

»Du meinst«, antwortete Lesabéndio, »wir sollen das äußerste Seil in der Mitte zurückziehen lassen und dann, wenns losgelassen wird, mit der ganz erheblichen Anfangsgeschwindigkeit in den Raum hinausfliegen, der sich südlich vom Südtrichter befindet. Ich bin damit einverstanden.«

Und ein paar Stunden später befanden sich die Beiden bereits fünf Meilen tief in der freien Atmosphäre unterm Südtrichter. Die Beiden schwebten mit fest am Rücken haftenden Flügeln zusammen durch die Luft; sie hatten sich mit einem nicht sehr langen Seile aneinander gebunden, sodaß sie sich bequem während der ganzen Luftexpedition unterhalten konnten.

Der violette Himmel war sehr dunkelviolett, und die grünen Sterne leuchteten, auch die grüne Sonne leuchtete, und ein grüner Komet schwebte nicht weitab mit einem vierzig Millionen Meilen langen Schweife, der scheinbar durch die Hälfte des ganzen Himmelsraumes ging, der großen grünen Sonne zu.

»Weißt Du auch«, sagte nun der Biba, »daß neulich der große Planet, den die Erdrindenbewohner Jupiter nennen, wieder einen kleinen Stern aus seinem Innern ›rausgestoßen‹ hat?«

Lesabéndio wußte noch nichts davon und ließ sich Näheres über diesen »Ausstoß« erzählen.

Während dem rauchten die Beiden gemütlich ihr Blasenkraut, das ihnen wie allen Pallasianern an einem ihrer rechten Arme angewachsen war.

Die langen molchartigen Körper der Beiden glitzerten; sie hatten den Körper so weit wie möglich ausgedehnt – fünfzig Meter lang – und an keiner Stelle gekrümmt, sodaß sie wie zwei lange Stöcke aussahen.

Biba sagte, während er vom neuesten Jupiter-Ausstoß erzählte, noch Folgendes:

»Es ist zweifellos sehr wahrscheinlich, daß der Pallas vor Millionen Jahren aus seinem Südtrichter auch sehr viele Sterne ausgestoßen hat, sonst wäre die Trichterform unseres Sterns nicht erklärlich. Zweifelhaft erscheint mir aber, ob aus dem Nordtrichter auch Körper ausgestoßen sind; die Existenz der Spinngewebewolke ist doch zu seltsam. Aber man soll über die Vergangenheit der Sterne nicht zuviel nachdenken; zu sicheren Resultaten kommt man ja doch nicht. Indessen – ich merke, daß die Luft dünner wird.«

Sie waren nach ihren Meßinstrumenten, die sie an ihr Halsband vor dem Abgeschnelltwerden befestigt hatten, erst acht Meilen vom Südtrichter entfernt.

Achtes Kapitel

Biba und Lesabéndio werden auf ihrer Luftuntersuchungsexpedition von einem andern Weltkörper angezogen, sie landen auf diesem ohne Gefahr und machen die Bekanntschaft mit ganz kleinen Lebewesen. Und diese zeigen ihnen mit Hilfe besonderer Vergrößerungsinstrumente das Kopfsystem des Pallas. Es gelingt den beiden Pallasianern, zehn der ganz kleinen Lebewesen dazu zu bewegen, mit zum Pallas zu fahren. Die Abschleuderung mit Rückfahrt zum Pallas geht nach längerer Zeit glücklich vonstatten; nur der Biba zieht sich eine Körperverletzung zu.

Nach einer kleinen Weile sagte der Biba:

»Daß die Luft dünner wird, scheint mir nicht so wichtig. Ich merke gleichzeitig an meinem Meßinstrumente, daß wir uns mit größerer Geschwindigkeit von unserm Stern Pallas entfernen; unsre Fluggeschwindigkeit müßte sich, wenn alles mit richtigen Dingen zuginge, verringern. Das heißt: wir werden von einem Weltkörper, den ich noch nicht sehe, angezogen.«

»Das wäre ja furchtbar«, rief der Lesabéndio, »dem müssen wir entgegenarbeiten.«

»Ich fürchte«, erwiderte der Biba, »daß uns das nichts nützen wird.«

Sie drehten blitzschnell ihren Kopf zum Pallas, machten ihren Körper anderthalb Meter kurz, breiteten den Saugfuß tellerförmig aus und stießen nun, mit dem Kopf voran, den ganzen Körper fünfzig Meter dem Pallas zu. Dann breiteten sie die Flügel auseinander und zogen den Körper wieder zusammen. Und das taten sie einige Stunden durch mit größtem Eifer, ohne ein Wort zu sagen. Auf dem Pallas brannten schon alle Nachtflammen, sodaß der ganze Stern wie ein Glühwurm aussah.

Aber sie kamen dem Glühwurm nicht näher; die Anziehungskraft des unbekannten Weltkörpers war größer als die des Pallas; alle Anstrengungen waren vergeblich; Lesabéndio zitterte vor Erregung.

»Wo bleibt mein Turm?« fragte er kläglich.

»Fragen wir lieber«, versetzte Biba, »wo wir selber bleiben.«

Beide sahen immer noch nicht den Weltkörper, der sie anzog. Biba sagte lächelnd:

»Mir scheint beinahe, daß wir von einem Körper angezogen werden, den wir nicht sehen können.«

Lesabéndio sagte aber:

»Mir scheint, daß wir unsre Augen überschätzt haben; wir hätten schon längst für mehr Vergrößerungsgläser sorgen können. Wir haben die vergrößernden Glaslinsen nur bei den photographischen Apparaten verwendet. Das ist eigentlich unbegreiflich. Unsre Lage ist zum Verzweifeln.«

»Zum Verzweifeln«, rief Biba rasch, »haben wir jetzt keine Zeit. Übrigens: es ist wirklich unbegreiflich, daß wir mit Vergrößerungsgläsern nur bei den photographischen Apparaten operiert haben. Wir überschätzten unsre Teleskopaugen.«

Danach schwiegen die Beiden ein paar Stunden hindurch, und dann sagte der Lesabéndio:

»Wir sind jetzt nach meinem Meßinstrument bereits zwölf Meilen vom Pallas entfernt, die Atmosphäre ist aber nicht dünner geworden – im Gegenteil. Wir dürfen deshalb annehmen, daß wir uns in der Atmosphäre eines andern Weltkörpers befinden.«

»Und«, sagte nun der Biba leise, »von dem andern Weltkörper sehe ich bereits etwas – da drüben.«

Lesabéndio sah nun auch dorthin, wohin der Biba mit einem Finger hinwies, und da sahen denn die Beiden im violetten Himmel zarte hellere Konturen, die zu einem geisterhaften Sterne zu gehören schienen.

Und diesem geisterhaften Sterne kamen sie immer näher; sie machten gar keine Anstrengung mehr, sich von ihm zu entfernen.

Es war ein Stern, der aus quallenhaft durchsichtigen Massen bestand. Aber in allen Teilen war er nicht durchsichtig; in seinem Kerne zeigten sich jetzt sogar ganz deutlich karminrote und orangefarbige Stellen, die man vorhin nicht hatte entdecken können.

Der durchsichtige Stern hatte einen Durchmesser von ungefähr tausend Metern, die farbigen Stellen befanden sich in der Mitte und schienen nicht sehr umfangreich zu sein.

Und ganz in der Nähe sahen die Beiden, daß die quallenhafte durchsichtige Hülle aus vielen reichgegliederten flügelartigen Gebilden bestand, zwischen denen sich orangefarbige Wiesenstrecken zeigten, und ganz im Innern glühten karminrote Flecke wie Glutaugen auf.

Die beiden Pallasianer schwebten neben den durchsichtigen Flügeln vorbei und berührten mit ihren Saugfüßen vorsichtig den orangefarbigen Wiesengrund.

Biba konstatierte gleich, daß da Schwämme wüchsen, von denen sich Pallasianer sehr wohl ernähren könnten.

»Legen wir uns auf die orangefarbigen Schwämme«, sagte er ganz heiter, »und schlafen wir zunächst; unser Körper bedarf sowohl des Schlafes wie der Nahrung.«

Lesabéndio zitterte und murmelte immerzu:

»Mein Turm! Mein Turm!«

Aber der Biba sagte tröstend:

»Vom Pallas sehen wir nichts mehr, denn auf dem Pallas ist Nacht; die Spinngewebewolke hat unsern ganzen Stern wieder umsponnen. Wenn die aber wieder oben überm Nordtrichter ist, dann könnten wir unsern ganzen Stern sehen und auch das, was über unsrer Spinngewebewolke ist.«

»Meinst Du?« fragte Lesabéndio.

»Ja«, versetzte der Biba ungeduldig, »das meine ich: aber nur dann, wenn Du jetzt nicht mehr zitterst und ruhig einschläfst.«

Da nahm jeder der beiden Pallasianer einen Stengel seines Blasenkrautes in den Mund, ließ bunte Blasen in die Luft hinaufwirbeln und sah zu, wie sich die Ballonhaut auf den Seiten des Körpers aufreckte und sich oben schloß.

Und dann schliefen die Beiden sehr bald ein.

Kaum lagen sie nun in ihren dunkelbraunen Ballonschläuchen ganz ruhig da auf der orangefarbigen Wiese, so wurde es in ihrer Umgebung lebendig; Tausende von kleinen faustgroßen Kugeln rollten heran, und aus den Kugeln, die auch quallenförmig durchsichtig waren, kamen opalisierende Köpfchen heraus, die Köpfchen hatten lange fühlerartige Augen mit roten Spitzen, die leicht zurückgezogen werden konnten wie die Teleskopaugen der Pallasianer. Nase und Mund bildeten bei diesen kleinen Kugelwesen zusammen einen komplizierten kleinen Rüssel, der auch Schnabelform annehmen konnte. Und mit diesem Schnabel konnten die Kleinen eine sehr laut klingende Sprache sprechen.

Die Kleinen waren durchaus nicht ungebildet; sie benutzten knochenartige Teile der großen Quallenflügel ihres Sterns als Teleskope und konnten auch durch regenschirmartiges Aufspannen der quallenartigen Flügelhäute eine außerordentliche optische Vergrößerung der nächstgelegenen Raumteile hervorbringen.

Und daher hatten sie die Pallasianer längst entdeckt, als diese garnichts von dem zum größten Teile undurchsichtigen Sterne ahnten. Zunächst untersuchten die Kleinen die Ballonhaut der Schläfer, schlitzten kleine Löcher hinein und besahen durch diese die neuen Ankömmlinge, bewunderten die dunkelbraune porenreiche Kautschukhaut mit den gelben Flecken, bewunderten auch die dicken Augenlider und die messerscharfe gebogene Nase und den feinen Mund und die vielen Falten im Gesicht und auch die große wulstige Kopfhaut – und am Halse die kleinen Bücher und die Meßinstrumente; die letzteren erklärten sie sofort für das, was sie waren, aber über die Bücher konnten sie sich nicht einigen; manche der Kleinen hielten die Bücher für Nahrungsmittel, andre für Luftveränderungspräparate und so weiter.

Als nun die Pallasianer erwachten, schnitten sie, wie sies auf dem Pallas gewöhnt waren, wieder ihre Ballonhaut dicht am Körper mit ihren Nägeln ab und glaubten nun, die Haut würde, getragen von den Blasenkrautblasen, wieder in die Morgenlüfte emporsteigen. Das geschah aber nicht, da unzählige kleine Kugelleute auf der Blasenhaut saßen und sie runterdrückten.

Biba verstand gleich das neue Wunder und erklärte es dem Lesabéndio. Und als nun die Kleinen die beiden Riesen sprechen hörten, sprachen sie plötzlich alle auch, daß es den Pallasianern so vorkam, als hörten sie plötzlich zwitschernde, sehr helle Morgenmusik.

Und dann zogen die Kleinen die Ballonhäute zur Seite und zeigten sich den Riesen.

Diese sahen nun gleich, daß sie sich im Kreise sehr kluger kleiner Geschöpfe befanden, reckten sich vorsichtig auf, um den Kleinen nicht wehe zu tun und versuchten, sich verständlich zu machen.

Das ging natürlich nicht so schnell, aber in einigen Stunden gings doch – besonders mit Hilfe der kleinen Bücher, die am Halsbande der Pallasianer baumelten.

Die kleinen Kugelwesen konnten übrigens ihren Körper in alle möglichen Formen bringen und gaben sich nun zunächst Mühe, ihren Körper so zusammenzurecken, daß er wie ein pallasianischer Molchkörper aussah – selbst die Flügel, die die Pallasianer zeigten, konnten die Kleinen nachmachen – aber ohne damit fliegen zu können.

Lesabéndio machte seine Augen zu großen Teleskopaugen und blickte zum Pallas hinüber, der jetzt in seiner vollen Atmosphärengröße zu sehen war.

Biba blickte auch zum Stern Pallas hinüber – rief aber gleich ganz erregt:

»Das ist garnicht der Stern Pallas, auf dem wir bisher gelebt haben.«

Da schrie der Lesabéndio laut auf.

Als nun die Kleinen sahen, daß die Beiden ganz verzweifelt taten, da forschten sie nach der Ursache der Verzweiflung.

Kaum hörten sie von der, so spannten sie gleich ihre regenschirmartigen Hautlinsen über den Pallasianern auf und sagten lachend:

»Da drüben ist immer noch der Pallas, aber für einfache Augen ist nur die Atmosphäre des Pallas sichtbar, die kugelförmig ist und sechzig Meilen im Durchmesser zeigt.«

Jetzt erst erkannten die beiden Pallasianer durch die Atmosphäre hindurch ihren Stern wieder, und Lesabéndio war selig.

Und die Beiden wollten jetzt wieder zu ihrem Stern hinübergeschleudert werden.

Biba aber zeigte zunächst mit allen seinen Armen zu dem, was über dem Nordtrichter des Sterns zu sehen war – dort befand sich zehn Meilen über dem Nordtrichter, über dem die Spinngewebewolke sehr deutlich und hellleuchtend, aber noch in der Atmosphäre befindlich, sichtbar wurde, noch ein andres Gebilde, das zehn Meilen hoch über der leuchtenden Spinngewebewolke ganz schwach leuchtete wie ein spitzer Kegel, dessen Spitze unten ist. Doch dieser Kegel bestand aus drei Teilen, die sich voneinander in Farbe und Helligkeit stark unterschieden.

Die Kleinen zogen ihre Vergrößerungshäute bald zurück, und da sahen die Pallasianer nichts mehr von dem dreiteiligen Kegelgebilde, das zehn Meilen über der Pallas-Atmosphäre zu sehen gewesen.

Lesabéndio erklärte abermals:

»Siehst Du, Biba! Wir haben unsre Augen überschätzt! Mit unsern Teleskopaugen allein hätten wir niemals das Kopfsystem des Pallas entdeckt!«

Biba schrie darauf heftig:

»Aber wir haben jetzt doch das Kopfsystem entdeckt. Merkst Du nun, daß es richtig ist, was ich Dir von der Ergebenheit erzählte? Wenn wir uns nicht ruhig unserm Schicksal – unserm unsichtbaren Führer – überlassen hätten, so würden wir niemals dieses Kopfsystem entdeckt haben – auch nicht mit Hilfe Deines großen Turms.«

Lesabéndio war ganz außer sich.

Danach erklärte er dem Biba feierlich:

»Wir brauchen also nur zehn Meilen hoch unsern Turm zu bauen – und dann können wir ganz genau sehen, was da oben ist. Dazu brauchen wir aber kolossale Vergrößerungsgläser, für die der Nuse sorgen muß.«

»Jetzt müssen wir aber erst zurückkommen!« meinte dazu der Biba.

Nun – das ging natürlich nicht so schnell.

Auf dem Pallas ward es währenddem achtzehnmal Nacht und ebenso oft wieder Tag.

Und die Pallasianer glaubten schon nicht mehr an eine Rückkunft von Lesabéndio und Biba.

Doch diese hatten den kleinen, zumeist kugelrunden Bewohnern des Quallenflügelsterns alles, was auf dem Pallas vorging, erzählt, und die Kleinen hatten erklärt, daß ihr Stern periodisch die Schnelligkeit seiner Umdrehung um sich selbst verstärkte. Und beim Maximum der Schnelligkeitsstärke sollten die Pallasianer, nachdem sie an einem Flügelende fest angebunden waren, im richtigen Momente abgeschnitten werden und so, in den Raum hinausgeschleudert, der Atmosphäre ihres Sterns zufliegen.

Die Kleinen beschlossen, die Köpfe der Pallasianer mit großen Ballonhüllen zu umgeben, damit sie den Mangel an Atmosphäre nicht so bemerkten. Von der Kälte brauchten sie nichts zu befürchten, da selbst der Raum, der in dem Ringe, den die Asteroïden bildeten, scheinbar frei von jeder Atmosphäre war, doch durch besondere Stoffverbindung – eine vollkommen unsichtbare und nicht zu untersuchende – so warm blieb, daß er den Asteroïdenbewohnern nicht lebensgefährlich wurde.

Nun erklärte der Lesabéndio den Kleinen Folgendes:

»Seht mal, Ihr Kleinen, man wird uns auf dem Pallas nicht glauben, daß über unserm Nordtrichter noch ein Lichttrichter sich befindet, den man nur mit Vergrößerungsgläsern entdecken kann. Ihr aber habt diesen Lichttrichter mit Euren Vergrößerungsgläsern entdeckt. Könnten da nicht einige von Euch mitkommen, um uns zu bezeugen, daß über unserm Stern noch ein großes dreiteiliges Kopfsystem zu finden ist? Würde das nicht möglich sein?«

Da kugelten sich die Kleinen über die quallenartigen Flügel ihres Sterns und rollten überall lebhaft und aufgeregt herum.

Und dazu machten sie mit ihrer lauten Sprache eine so große zwitschernde Musik, daß es den Pallasianern unter der Kopfhaut gellte.

Schließlich erklärten sich zehn der kleinen Leute bereit – angehängt am Halsbande der Riesen neben deren Büchern – mitzukommen. Danach wurden die verirrten Riesen wieder im richtigen Moment zu ihrem Stern hingeschleudert, in dessen Atmosphäre sie nach zweitägiger Raumfahrt anlangten.

Biba hatte sich an einem vorbeifliegenden Meteor im unteren Teile seines Leibes eine so starke Verletzung zugezogen, daß er sich sofort nach seiner Ankunft verbinden lassen mußte.

Neuntes Kapitel

Es wird zunächst erzählt, was während der Abwesenheit des Lesabéndio und des Biba auf dem Pallas geschah. Da sind zunächst vierhunderttausend der berühmten Knacknüsse gefunden und geknackt, und Dex hat mit Hilfe der Frischgeknackten einen Modellturm überm Centralloch gebaut, um die Idee des Lesabéndio-Turms populär zu machen. Er erreicht jedoch damit das Gegenteil und erzeugt eine starke Reaktion, die unter Pekas Führung sehr bedeutend wird. Zu Dexens Glück kommen Lesabéndio und Biba mit den zehn Quallensternbewohnern (Quikkoïanern) auf den Pallas zurück. Und die Turmidee wird jetzt, da der Turm nur zehn Meilen hoch werden soll, auch von den ältesten Pallasianern viel sympathischer begrüßt als bisher.

In der langen Zeit, in der Lesabéndio und Biba nicht auf dem Pallas lebten, hatte sich auf diesem vieles verändert.

Anfänglich wirkten die Biba-Bücher mächtig nach, und man sprach nur von den astralen Doppelsystemen, und es ließ sich nicht leugnen: die Pallasianer wurden dadurch immer mehr und mehr gereizt, auch die Art der Doppelnatur ihres Sterns kennen zu lernen.

Doch man trat noch keineswegs der Idee des Nordtrichterturms näher; man hielt diesen Plan im allgemeinen für viel zu abenteuerlich, für viel zu zeit- und kraftraubend, um seine Ausführbarkeit ernstlich in Erwägung zu ziehen. Man gab sich auch jetzt nicht einmal die Mühe, die Entfernung der Lichtwolke genauer zu messen – und auch der Dex dachte garnicht daran.

Das Verschwinden der beiden Pallasianer erklärte man sich einfach so, wie es den Tatsachen so ziemlich entsprach; man nahm eben als selbstverständlich an, daß ein vorüberziehendes Meteor oder ein kleinerer Stern die Beiden angezogen hätte. So waren schon öfters Pallasianer verschwunden. Es waren aber auch ein paar Verschwundene später wiedergekommen; doch das hatte sich schon sehr lange nicht mehr ereignet. Demnach behandelte man Lesabéndio und Biba eigentlich nicht mehr als Lebende; Niemand hoffte mehr, sie wiederzusehen – auch der Dex tat das nicht.

Weil man aber die Beiden nicht mehr als lebend betrachtete, deswegen erlangte das, was sie gesagt und erstrebt hatten, immer größere Bedeutung; man sprach immer heftiger über die Konzentration und über die Unterordnung der eigenen Ideen unter die größeren Ideen.

Was man jedoch als größere Idee anzusehen habe, darüber konnte man nicht einig werden; Dex redete wohl noch unentwegt vom Lesabéndio-Turm, aber er fand nur Anklang bei seinen nächsten Freunden, die mit ihm zusammen den Kaddimohnstahl in ungeheuren Massen und Längen aus dem Pallas-Innern herauszogen und bearbeiteten.

Nun gelang es währenddem dem Labu und seinen Freunden, riesige Mengen von den berühmten Knacknüssen zu entdecken und auszubuddeln.

Und Manesis neue Pilz- und Schwammwiesen entwickelten sich überall, auch in den Höhlen des Pallas, mit fabelhafter Geschwindigkeit, sodaß dem Aufknacken der neu gefundenen Nüsse bald nichts mehr im Wege stand.

Dex trieb zum Aufknacken der Nüsse mit all der Energie, die ihm zu Gebote stand.

Und so gabs plötzlich fünfmal soviel Pallasianer wie bisher; es lebten so lange gewöhnlich nur hunderttausend Pallasianer auf dem Trichtertonnenstern – und danach lebten plötzlich fünfmalhunderttausend Pallasianer ebenda. Dex mit seinen Freunden unterrichtete die frisch geknackten Pallasianer sofort über die Bedeutung des Lesbéndio-Turms, und die Frischgeknackten nahmen die Turmidee mit großer Begeisterung auf, sodaß dadurch sehr bald alle bisherigen Verhältnisse in andre Bahnen gelenkt wurden; das ganze Bild des pallasianischen Lebens verschob sich; die Begeisterung der Kleinen ließ sich garnicht dämpfen.

Und der Dex verstand es, diese Begeisterung der vierhunderttausend Frischgeknackten sofort für die Turmidee fruchtbar zu machen; er erklärte ihnen, daß er mit ihnen zusammen ein großes Turmmodell herstellen müsse; und die meisten erklärten sich zur Mitarbeit sofort bereit.

Nun hatte der Dex, wie bekannt, im Nordtrichter über dem Mittelloch bereits ein Gestell aus Kaddimohnstahl hergestellt, das – weiter ausgebaut – ohne Weiteres als Modell für den großen Nordtrichterturm gelten konnte.

Und an der Herstellung dieses Modells in sehr vielen Etagen arbeitete nun der Dex mit den frisch geknackten Pallasianern in einer so heftigen, alle andern Interessen zurückschiebenden Weise, daß die alten Pallasianer ganz erschrocken aufblickten und nicht wußten, was sie zu dieser Energie sagen sollten.

Die Reaktion blieb natürlich nicht aus.

Peka stellte sich an die Spitze dieser Reaktion.

Peka sagte weich und milde:

»Es ist ja nicht zu leugnen, daß der Dex für die Umgestaltung unsres Sterns in sehr energischer Art tätig sein möchte. Und wir können natürlich auch nicht die frisch geknackten Pallasianer veranlassen, seinem Modellturm, der ja dem Pallas als solcher sehr wohl zur Zierde gereicht, fernzubleiben. Die alten Pallasianer können aber in ihrer Freundlichkeit nicht so weit gehen, daß sie sich von Dex und seinen neuen Freunden ganz einfach an die Seite schieben lassen. Die alten Pallasianer stehen in der Mehrzahl nach wie vor auf dem Standpunkte, daß die Ausführung des großen, viele Meilen hohen Lesabéndio-Turms eine ernste Gefahr für uns alle bedeutet. Zunächst ist nicht abzusehen, wie die Schwerkraftverhältnisse durch den hohen, viele Meilen hohen Turm auf den Pallas beeinflußt werden könnten; uns fehlt in dieser Hinsicht jeder Anhalt, und von wissenschaftlicher Berechnung des Ganzen kann gar keine Rede sein. Andrerseits würden durch eine derartige jahrelange Arbeit, an der doch alle Pallasianer Anteil nehmen müßten, die künstlerischen Pläne und Arbeiten jedes einzelnen Pallasianers vernichtet. Dem müssen wir aber doch vorbeugen. Wir können es doch nicht dahin kommen lassen, daß schließlich alle alten Pallasianer bloß Maschinen werden; wenn wir durchaus dem Willen eines Höheren gehorchen sollen, so müssen wir diesen Höheren zunächst als solchen in ungefähren Umrissen erkennen. Alle Kunstfreunde müssen so lange Turmfeinde sein, solange dieser Höhere uns als solcher noch nicht deutlicher geworden ist.«

Der Wirkung dieser milden sachgemäßen Rede konnten sich die alten Pallasianer nicht entziehen, und Dex hatte Mühe, die jungen Pallasianer zum Bleiben bei seiner Turmmodellarbeit zu bewegen. Diese Arbeit war keine kleine, da es galt, all das viele Kaddimohneisen von der Höhe des Trichterrandes zwanzig Meilen hinunter zum Centralloch zu bringen, wozu natürlich große komplizierte Zug- und Hemmmaschinen und kolossale Schleifbahnen nötig waren; der Modellturm sollte sehr viele Etagen zeigen – in künstlerisch durchbrochener und vielfach ausgebauchter Form – aber über die Zahl der Etagen hatte man sich noch nicht geeinigt; Dex hätte am liebsten hundert gehabt; unter sechzig wollte ers in keinem Falle machen.

Die Zahl der Etagen blieb aber natürlich am Anfange des Baues ganz gleichgültig. Jedenfalls wollte Dex drei Meilen hoch in die Höhe gehen.

Wie eine Erlösung kams da dem Dex, dessen Lage stündlich schwieriger wurde, an einem Morgen vor, als er hörte, daß Lesabéndio mit Biba – zurückgekehrt sei.

Als ers hörte, rief er zunächst: »Träume ich auch nicht? Ist es auch wirklich wahr?«

Und er ließ sich dreimal erzählen, daß die beiden Verlorengeglaubten oben auf dem Nordtrichterrande seien.

Und dann sprang er – er befand sich nicht weitab vom Centralloch – auf die nächste Bandbahn und stürmte auf dreißig Bandbahnen nach oben – den Ankommenden entgegen.

Er war so hingerissen von der neuen Nachricht, daß er garnicht daran dachte, eine Seilbahn zu benutzen, mit der er zehnmal so schnell nach oben gekommen wäre.

Das war aber ein Wiedersehen!

Kaum wurden die kleinen Quallensternbewohner von dem Dex beachtet; mit fliegendem Atem erzählte er von seinem Modellturm und von seinen immer größer werdenden Verlegenheiten.

Lesabéndio konnte am Anfange infolge der langen Raumreise garnicht sprechen, und Biba mußte erst sein Bein verbinden lassen, das von einem Eisenmeteoriten oberhalb des Saugfußes sehr gefährlich verletzt war; ein großes Stück des kautschukartigen Beinkörpers fehlte, doch hing dieser immer noch mit dem Saugfuß zusammen.

Nur die ältesten Pallasianer konnten sich an derartige Körperverletzungen erinnern; sie wußten aber auch, wie diesen zu begegnen war und machten den Schaden mit Pflastern und Bandagen bald wieder gut.

Der Biba vermochte am Anfange deshalb auch nicht gleich so zu sprechen wie sonst.

Somit sprachen anfangs nur die kleinen Quallensternbewohner, die sich nach ihrem Stern, der Quikko heißt, als Quikkoïaner vorstellten und durch ihre unzusammenhängenden Reden recht unverständlich blieben, was die Aufregung und Verwirrung der Pallasianer nur noch erhöhte.

Indessen – wie jubelte der Dex, als er allmählich vernahm, daß die beiden verloren geglaubten Pallasianer das Kopfsystem über dem Pallas mit Augen gesehen hatten!

Wie jubelte der Dex, als die zehn kleinen Quikkoïaner die Aussagen jener bestätigten und ergänzten!

Und als der Dex nun gar erfuhr, daß die Atmosphäre sowohl über wie unter dem Pallas nur zehn Meilen stark – und daß die Spinngewebewolke nur zehn Meilen vom Nordtrichterrande entfernt war – was die ungenauen Messungen niemals ergeben hatten – da kannte Dexens Jubel einfach keine Grenzen; er war einfach außer sich und sprang mehrmals hoch in die Luft hinauf und kehrte immer wieder gleich kopfunter zum Pallas zurück, sodaß sich aller Pallasianer eine ungeheure Heiterkeit bemächtigte, als sie diesen Jubel sahen.

Und sie empfanden alle diesen Jubel sehr bald mit, und sie beglückwünschten alle den Lesabéndio und den Biba zu ihrer glücklichen Raumfahrt.

Man fing gleich an, nochmals die Entfernung der Lichtwolke mit Sorgfalt zu messen, und entdeckte, daß die Entfernung tatsächlich nur zehn Meilen betrug. Und man wunderte sich sehr über die fahrlässigen Rechnungen einer früheren Zeit. Peka bemerkte nun gleich das Folgende:

»Das ist ja ein riesig großes Glück, daß wir endlich dahintergekommen sind, was hinter der Spinngewebewolke verborgen ist. Da brauchen wir ja den Lesabéndio-Turm nicht mehr zu bauen; jetzt kommt der Bau nicht mehr in Frage.«

Das hörte der Dex und stand ganz still und sagte dann milde und weich:

»Aber Peka! Was redest Du? Jetzt müssen wir doch grade den Turm bauen, denn jetzt wissen wir doch, daß er ganz bestimmt einen Zweck hat. Jetzt wissen wir doch, daß ein Kopfsystem da oben zu finden ist. Jetzt müssen wir dieses Kopfsystem doch kennen lernen. Und um das zu können, dazu brauchen wir doch den Turm. Und weil wir ihn brauchen, deswegen müssen wir ihn doch bauen.«

Peka strich sich sein Kinn mit einer seiner linken Hände und wußte nicht gleich, was er sagen sollte.

Er meinte nur kleinlaut:

»Der Plan ist aber doch zu groß. Wir riskieren, aus dem Gleichgewicht zu kommen.«

»Keineswegs!« versetzte nun der Dex, und er reckte sich fünfzig Meter hoch auf und machte sich ganz schnell wieder klein und wiederholte dieses Spiel immerzu.

»Was willst Du denn?« rief da der Peka ein wenig ärgerlich.

Da stand der Dex zehn Meter hoch ganz still und sagte sehr feierlich mit weit ausgebreiteten Armen:

»Peka! Peka! Hast Du nicht gehört, daß die geheimnisvolle Pallas-Wolke nur zehn Meilen über unserm Nordtrichterrande ist? Wir brauchen darum doch den großen Turm nur zehn Meilen hoch zu bauen. Es ist nicht nötig, daß wir ihn sechzig bis hundert Meilen hoch bauen. Unsre Meßinstrumente haben uns eben, solange wir nur auf unserm Stern lebten, der Spinngewebewolke gegenüber im Stich gelassen; wir haben sie zu hoch eingeschätzt. Aber jetzt schadet das ja nicht mehr. Wir haben uns bei unsern Messungen viel mehr mit dem Fernabgelegenen beschäftigt als mit dem Nächstliegenden – der Lichtwolke. Es ist unbegreiflich – aber bei unserm Interesse für das Ferne doch so natürlich. Denken wir nicht mehr darüber nach.«

Und nun erzählte der Dex abermals dem Lesabéndio und Biba von seinem Modellturm.

»Ich habe den Modellturm unten über dem Centralloch«, sagte er lachend und mit den Händen herumfuchtelnd, »so konstruiert, daß er hundert Meilen hoch gebaut werden konnte –

hundert Etagen hoch. Ich habe aber erst die ersten zehn Etagen fertig gemacht. Und jetzt höre ich, daß ich garnicht nötig habe, höher zu bauen. Ja – soll ich das nicht einfach köstlich und entzückend finden? Jetzt kann Peka doch der Turmidee nicht länger feindlich gegenüberstehen; es handelt sich doch nur um einen Bau, der zehn Meilen hoch werden soll.«

Die alten Pallasianer lachten dazu, und der eine sagte schmunzelnd:

»Lieber Dex, wir haben vor drei Jahren den großen Nuse-Turm gebaut und wissen, daß er nur eine Meile hoch ist. Das war aber ein schönes Stück Arbeit. Zehn Meilen hoch ist zehnmal höher. So einfach ist das alles nicht.«

Doch es flog die Nachricht, daß der große Turm nur zehn Meilen hoch gebaut werden sollte, rasch von Mund zu Mund – und alle alten Pallasianer nickten bald zustimmend mit den Köpfen und alle sagten bald:

»Darüber ließe sich reden; jetzt ist die Turmidee reif.« Als das dem Lesabéndio und dem kranken Biba hinterbracht wurde, freuten sie sich sehr.

Und als sie nun von dem Bau des Modellturms Weiteres gehört hatten und einsahen, was der Dex alles für die Idee getan, da empfand der Lesabéndio eine so stürmische Dankbarkeit dem Dex gegenüber, daß er garnicht wußte, wie er dieser einen Ausdruck verleihen sollte.

Und als der Dex herangesprungen kam, schrie ihm der Lesabéndio lachend entgegen:

»Dex, ich schenk Dir meine fünf Quikkoïaner, damit Du weißt, wie dankbar ich Dir bin.«

Und der kranke Biba rief auch:

»Dex, ich schenk Dir auch meine kleinen Quikkoïaner.«

Da freute sich der Dex mächtig.

Aber die kleinen Quikkoïaner machten einen fürchterlichen Lärm und riefen mit gellenden Stimmen durcheinander:

»Pallasianer! Was fällt Euch ein? Ist das Euer Dank gegen uns, daß Ihr uns wie Spielzeug verschenken wollt? Sind wir dazu mit Euch mitgekommen? Wir wollten Eurem großen Turmplan auf die Beine helfen. Und jetzt wollte Ihr uns wie Spielzeug verschenken?«

Sie fingen jämmerlich an zu weinen.

Da kam die Spinngewebewolke herab.

Und es ward Nacht auf dem Pallas.

Zehntes Kapitel

Die Quikkoïaner zeigen, daß sie außerordentlich lustige kleine Leute sind und für die Turmidee in sehr energischer Weise eintreten können. Lesabéndio spricht zu den Quikkoïanern von der Bedeutung des Kopfsystems. Und dann führt Dex den Lesabéndio auf den großen Nuse-Turm, wo Nuse und Sofanti auch voll Begeisterung für die große Turmidee sind und sofortige Abstimmung verlangen. Alle Pallasianer – mit Ausnahme Lesabéndios – stimmen hierauf, auf dem Modellturm sitzend, für den Bau des großen Turms; Lesabéndio kommt zu spät.

Und es ward überall Licht gemacht – buntes Licht.

Die Quikkoïaner sahen das Licht, und sie machten ihre Augen zu langen Fühlhörnern und blickten umher; dabei bemerkten sie, daß die Pallasianer garnicht wußten, was sie vor Verlegenheit sagen sollten.

Da lachten plötzlich alle zehn Quikkoïaner hell auf, und der Nax, der gewöhnlich für die neun andern sprach, sagte lachend:

»Ist es denn wirklich möglich, Euch so furchtbar viel weiszumachen? Seid Ihr so leichtgläubig, daß man Euch auch den allerdicksten Spaß aufreden kann? Glaubt Ihr wirklich, daß Euch Jemand böse sein kann? Glaubt Ihr wirklich, wir könnten Euch böse sein? Glaubt Ihr, es wäre überhaupt möglich, uns als Spielzeug zu behandeln? Glaubt Ihr, Tränen seien immer ein Zeichen des Schmerzes?«

Da mußten auch die Pallasianer lachen.

Aber der Nax sagte gleich:

»Wir lassen uns aber das Verschenktwerden gern gefallen und gehören nun für alle Zeit dem tatenfreudigen Dex. Der gefällt uns über alle Maßen; warum sollen wir ihm nicht angehören? Und das ist ja auch nicht schmerzhaft. Dex, sag uns schnell, wer sich der Turmbauidee widersetzt, damit wir uns an seinen Hals hängen und ihn überreden.«

Dex war vergnügt für sechs und sagte, während alle seine vielen Gesichtsfalten mächtig glitzerten:

»Besonders müßt Ihr den Peka mit seinen Freunden überreden. Und dann ist auch der Labu sehr lau, und der Manesi möchte sich auch gerne drücken – der redet in letzter Zeit immer mehr davon, daß die meisten Rankenpflanzen die dünnere Luft der höheren Atmosphäre nicht vertragen.«

Na – die Quikkoïaner taten das ihrige.

Lesabéndio setzte ihnen noch die Ergebenheitsgeschichte auseinander.

»Es ist ja die größte Torheit«, sagte er, »daß jeder der Pallasianer in ganz besonderer Art den Stern Pallas ausbauen will. Das ist schon unendlich lange Zeiten so gegangen, und dabei ist nichts rausgekommen. Dabei konnte doch garnichts rauskommen. Wir können den Stern doch nur dann ausbauen, wenn wir uns in einem Plane vereinigen. Anders gehts doch nicht. Bleibt Jeder immer eigensinnig bei seinem eigenen Einfall, ohne den Einfall des Nachbarn zu berücksichtigen, so kann doch an die Ausführung eines Planes nie gedacht werden. Wir müssen eben unsre Gedanken einem größeren Gedanken – oder dem Gedanken eines Größeren unterordnen. Dadurch, daß wir das tun, brauchen wir unsre eigenen Gedanken noch nicht fallen zu lassen; bei dem großen Nordtrichterturm können ja noch unzählige Stein-, Haut-, Licht- und andere Pläne zur Ausführung gelangen. Aber das Wichtigste bleibt doch immer, daß Alles einem größeren Plane untergeordnet wird. Da wir nun wissen, daß der Stern Pallas ein Kopfsystem hoch über seiner Atmosphäre besitzt, so ist es doch der natürlichste Gedanke, dieses Kopfsystem mit dem Trichtertonnensysteme zu verbinden. Eine derartige Verbindung ist aber doch nur denkbar durch Erbauung eines Turmes; wir müssen erst durch den Turm zur Nähe des Kopfsystems hingelangen. Wie wir dann später den Turm mit dem Kopfsystem in Wirklichkeit verbinden – das können wir natürlich erst dann wissen, wenn wir dieses oben näher kennen gelernt haben. Kennen lernen müssen wir aber dieses Kopfsystem; erst wenn wir es kennen gelernt haben, können wir einen einheitlichen Faden in unsre Sternumbaugedanken hineinbringen. Der Turm muß gebaut werden; ohne den Turm haben wir gar keine nähere Vorstellung von dem

Kopfsystem. In diesem sitzt unser Führer, der uns höher hinaufbringt. Durch ihn sollen wir höher hinaufwachsen in eine noch feinere geistigere kompliziertere Weltsphäre. Da nach oben hinaufzukommen – das muß unser nächstes Ziel sein. Und daher müssen wir uns alle um den großen Turmbau konzentrieren – ihm uns ergeben – dadurch ergeben wir uns gleich unsrem großen Führer – dem Größeren, der mehr kann als wir. Und wir müssen selig sein, daß wir jetzt alle wissen, wo wir den Größeren finden können. Dort oben über uns – da ist der Größere.«

Lesabéndio reckte sich fünfzig Meter hoch auf und hob alle seine Arme empor und auch seine Rückenflügel. Und sein ganzer Oberkörper begann mächtig zu leuchten, sodaß alle, die es sahen, still wurden und sich danach vom Nächsten erzählen ließen, was der große Lesabéndio gesagt hatte.

Und die Quikkoïaner ließen sich zu Manesi und Labu und zu Peka und seinen Freunden bringen, denen sie eifrig erzählten, was sie gehört hatten – und auch das, was sie vom Kopfsystem des Pallas – vom Stern Quikko aus gesehen hatten.

Dex aber führte den Lesabéndio zum Nuse-Turm, auf dem sich auch der Sofanti aufhielt.

Nuse empfing die Drei hoch oben auf seinem eine Meile hohen Lichtturm.

Und er sagte gleich zum Lesabéndio:

»Sofanti und ich sind durch Dex vollkommen für die Turmidee gewonnen worden. Das ist dem Dex nicht schwer gefallen, uns zu überreden, denn es ist ja selbstverständlich, daß die fünfzig schiefen Stahltürme, auf denen der erste Ring ruhen soll, auch gleichzeitig Lichttürme werden müssen. Und die übrigen höheren Stahltürme werden auch gleichzeitig Lichttürme sein. Ich also bin mit ganzer Seele dabei. Und dem Sofanti geht es nicht anders, denn er wird die Stahltürme oben mit Häuten zuschließen müssen, damit sie lampionartig zu Lichttürmen werden können. Außerdem wird der Sofanti auch im oberen Teile des ganzen Turmes womöglich diesen auf allen Seiten mit Häuten schließen müssen, da ja anders ein Schutz gegen die Spinngewebewolke nicht denkbar ist. Nun scheint mir aber der Moment gekommen zu sein, die Entscheidung herbeizuführen. Wir müssen noch in dieser Nacht alle Pallasianer im Nordtrichter zusammenrufen, und sie müssen sich dann erklären, ob sie den Turm bauen wollen oder nicht. Fast sämtliche der Frischgeknackten sind auf unsrer Seite – und das sind fast vierhunderttausend Pallasianer – und von den alten Pallasianern sind die Hälfte auch auf unsrer Seite. Wir hätten danach höchstens fünfzigtausend gegen uns, und die könnten jetzt durch die Ankunft und Anwesenheit der zehn Quikkoïaner im Handumdrehen umgestimmt werden.«

Lesabéndio freute sich so sehr, daß er zitterte.

Er sah ganz berauscht nach unten in den zwanzig Meilen tiefen Trichter, in dem die unzähligen Scheinwerfer sich bewegten und die Zeit anzeigten. Und dann sah er auf den Trichterwänden das Flimmern, das von den vielen Pallasianern herrührte, die leuchtend auf den Bandbahnen herumfuhren, um die neuesten Nachrichten vom Stern Quikko und vom Kopfsystem des Pallas zu vernehmen und weiter zu verbreiten.

Und dann bat der Dex, doch die Versammlung aller Pallasianer unten auf dem Modellturm zu veranlassen. Lesabéndio wollte oben bleiben und erst nachher kommen.

Da fuhren denn die Drei auf Kneifzangen mit den Seilbahnen zum Centralloch und ließen dort alle Pallasianer bitten, auf dem Modellturm zusammenzukommen. Dieser war zehn Etagen bereits hoch und konnte sämtliche Pallasianer tragen.

Und da setzten sich denn alle Pallasianer sehr bald, nachdem die Centralmusik in den Sofanti-Häuten verklungen war, auf die zehn mächtigen Eisenringe, sodaß sie mit dem Kopfe ins Innere des Turmmodells schauten, während sie sich mit ihrem Körper um den Ring geschlungen hatten.

Und nun wurden zunächst von einigen jüngeren Pallasianern die zehn Quikkoïaner im Innern des Modellturms herumgezeigt; in jedem Ringe wurde einer der Quikkoïaner gezeigt.

Und diese kleinen Kerle redeten mit ihrer hellen lauten Stimme ungefähr so:

»Pallasianer, wenn Ihr jetzt Euch nicht entschließt, den Turm zu bauen, so seid Ihr schön dumm. Wir haben das Kopfsystem Eures Sterns gesehen. Ihr müßt das auch sehen. Wenn Ihr Euch jetzt nicht alle zusammentut und den Turm baut, so werdet Ihr nie dazu kommen, das

Wesentlichste auf Eurem Stern kennen zu lernen. Glaubt doch ja nicht, daß es auf allen Sternen so leicht ist, sich dem Kopfe des Ganzen zu nähern. Auf unserm Stern Quikko befand sich das Kopfsystem mitten im Innersten des Quallenflügelsterns. Und in dieses Innere konnten wir nie hineingelangen, es leuchtete uns immer nur mit karminroter Glut entgegen – aber wir mußten ihm fernbleiben. Wir konnten uns dem Kopfsystem unsres Sterns nicht nähern. Ihr aber könnt Euch dem Kopfsystem Eures Sterns nähern, wenn Ihr den großen Turm baut. Wie Ihr da noch eine Stunde zögern könnt, ist uns unbegreiflich.«

So sprachen alle Zehn immerzu und immer weiter, sodaß dem Dex ganz komisch zumute wurde, da er garnicht zu Worte kam – auch garnicht nötig hatte, zu Worte zu kommen.

Er dankte im Innern dem Lesabéndio für die Turmfreunde vom Quikko unzählige Male und war schon ganz ungeduldig.

Lesabéndio stand währenddem hoch oben auf dem Nuse-Turm immer noch ganz allein, und er bemerkte plötzlich, daß das Flimmern in den Wänden des Nordtrichters gänzlich verschwunden war.

»Ach so«, flüsterte er, »die Pallasianer sind schon unten versammelt. Da muß ich ja auch hin.«

Und er sprang von der Turmspitze wieder hoch empor in die dunkle Nachtluft hinauf und schoß dann im großen Bogen hinunter; wieder warf er den rausgestreckten Körper hinten rum und befestigte wieder den Saugfuß am Hinterkopfe, sodaß seine ganze Gestalt wie ein Ring aussah. Und dann ließ er wieder bald den einen Flügel und bald den andern Flügel aufgespannt zur Seite herausragen, daß sein Körper in großen, fein gewundenen, nach unten runtergezogenen Spiralkurven ganz langsam dem Trichtergrunde zuschwebte, auf dem der Modellturm erbaut war, der jetzt alle Pallasianer mit Ausnahme des Lesabéndio in seinen zehn Ringen vereinigte; selbst der kranke Biba hatte sich auf dem untersten Ringe niedergelassen; man hatte den Biba festgebunden, da sein Bein noch nicht zugeheilt war; die Pflaster lagen ja erst ein paar Stunden auf der großen Wunde.

Lesabéndio schwebte in Spiralkurven langsam zur Tiefe und dachte nur an seine Ergebenheitstheorie. –

»Und wenn man«, sagte er leise zu sich, »auch keine Einigung erzielt, so wirds ja wohl auch so gut werden. Wenn der große Geist, der uns führt – und den ich ganz bestimmt hoch über unserm Nordtrichter als ein großes Wesen fühle – wenn dieser große Geist nicht will, daß wir uns ihm nähern – wenn er nicht will, daß wir uns ihm nähern – dann wird es ja wohl auch so gut sein. Wir haben ja getan, was wir konnten. Mehr können wir nicht tun. Wenn jetzt Peka und seine Freunde sich abwenden von dem Turmplan, wenn sie uns weiterhin widerstreben, so können wir ja vielleicht auch ohne sie den großen Bau beginnen. Aber der Peka hat sehr viele Freunde und sehr viele Maschinen, die wir alle gebrauchen werden. Und – es ist nicht gut, wenn die Pallasianer solch ein großes Werk beginnen, ohne sich vorher geeinigt zu haben. Aber das wird ja alles so kommen, wie es kommen muß. Wir haben getan, was wir tun konnten. Mehr können wir nicht tun. Und wir wollen uns in der Ergebenheit üben. Und wir wollen mit allem zufrieden sein – wies auch kommt.«

Da hörte der Lesabéndio in der Tiefe ein großes Geschrei – und dann einen ungeheuren, glockenhellen, lang gezogenen Ton.

»Ist das«, fragte Lesabéndio, »Sofanti-Musik? Nein! so hats noch nie geklungen. Es müßte denn grade der Ton durch eine neue Erfindung des Sofanti hervorgerufen sein. Aber das glaub ich nicht. Ich glaube, das waren alle Pallasianerstimmen zusammen. Nun werden sie vielleicht alle ihre Stimmen für und wider den Turm abgeben, nur ich allein werde fehlen. Schließlich baut man noch den Turm ohne meine Einwilligung. Das wäre sehr seltsam und sehr lustig. Es ist nur gut, daß alle aufgeregten Augenblicke des Lebens auch immer ein drolliges Element in sich haben. Aber ich bin jetzt sehr neugierig, wie die Geschichte abgelaufen ist. Ich muß schneller fliegen.«

Er löste vorsichtig seinen Saugfuß von seiner Kopfhaut los und schoß jetzt fünfzig Meter ausgestreckt mit eingezogenen Flügeln und grade wie ein Stock den Kopf nach unten zur Tiefe.

Und er hörte nochmals das Geschrei und dann wieder den lang gezogenen, dumpfen Glockenton.

Und danach hörte er den lang gezogenen, dumpfen Glockenton zum dritten Male.

Und dann sah er die zehn Etagen des Modellturms mit seinen Teleskopaugen ganz deutlich – und er sah auch alle Pallasianer.

Und dann kam er nach unten und schoß von oben mitten ins Innere des Modellturms hinein.

Und da riefen alle:

»Lesabéndio!«

Und dann lachten alle.

Und dann sagte der Dex:

»Nun haben alle Pallasianer einstimmig – einstimmig – einstimmig – dreimal einstimmig beschlossen, Deinen Turm zu bauen. Du aber, Lesabéndio, hast Deine Stimme nicht abgegeben.«

Elftes Kapitel

Der Quikkoïaner Nax hat eine große Idee, die aber nicht zu verwerten ist. Dex setzt darauf in einer Volksversammlung auseinander, daß zunächst vierundvierzig eine Meile hohe Türme oben gebaut werden müssen. Man macht dem Peka, Labu und Manesi Versprechungen, die aber während des Baus nicht gehalten werden. Peka ist ganz besonders unglücklich, daß seine Ideen nicht zur Ausführung gelangen. Als das erste Stockwerk nach sehr langer Arbeit fertig ist und wie ein Gerüst aussieht, ist dem Labu die Heilsalbe ausgegangen. Peka bekommt einen Krampfanfall, der schließlich dem Labu das gibt, was ihm fehlt.

Der kleine Nax vom Stern Quikko hing am Halsband des großen Lesabéndio und sagte mit seiner schrillen Vogelstimme:

»Großer Le, ich verstehe nur nicht, warum Ihr nicht ein großes Seil über den Nordtrichter spannt und Euch dann in die Höhe schießen laßt vom Seil aus. Was im Süden bei Euch geht, muß doch auch im Norden gehen.«

»Geht aber doch nicht!« sagte Lesabéndio, »die Spinngewebewolke oben muß wohl einen großen Druck ausüben. Wir kommen oben nicht sehr weit – kaum eine Meile. Mit dem Seile ist es schon versucht worden.«

»Ja!« versetzte der Nax, »da müßt Ihr schon den Turm bauen. Schade, daß Euch die Quikkoïaner nicht helfen können. Aber wir sind doch zu klein.«

Währenddem hatte der Dex schon oben die Stellen untersucht, an denen die Türme gebaut werden sollten.

Die festliche Stimmung war sehr bald verwischt. Eine rücksichtslose, tatgierige Hast packte die meisten Pallasianer – besonders die jüngsten.

Biba sah diese Hast und sagte zu Lesabéndio:

»Mir ist diese Heftigkeit der Pallasianer garnicht angenehm. Wir stehen vor sehr langwierigen Arbeiten und sollten daher etwas weniger beweglich vorgehen. Wer Großes erreichen will, muß zunächst bemüht sein, geduldig zu werden. Man muß es lernen, auch das Peinliche zu ertragen. Mein Fuß heilt nur ganz langsam. Und ich fürchte, daß bei den großen Turmbauten Verletzungen unsrer Gliedmaßen öfters vorkommen könnten. Damit müssen wir rechnen. Und darum sollten wir den Labu zunächst veranlassen, mehr von den berühmten Alten Salben herzustellen. Die kann er denn in hübsch glasierten Kruken auf dem Rande des Nordtrichters aufstellen, damit die Salben immer gleich zur Hand sind, wenn mal was passiert.«

Und nun fuhren die Beiden zum Labu und setzten ihm das auseinander; Biba saß auf Lesabéndios Rücken während dieser Fahrt.

Labu war natürlich gleich bereit, das Gewünschte herzustellen. Doch er brauchte dazu drei Tage und drei Nächte hindurch die Mitarbeit von hunderttausend Pallasianern; die Salben herzustellen, machte sehr viel Mühe.

Dex war währenddem mit der Untersuchung des Nordtrichterrandes fertig und erklärte feierlich in einer großen Volkssitzung im Modellturm der Mitte, daß überall oben genügende Mengen von Kaddimohnstahl vorhanden seien; die Magnetsteine ließen sogar die Anzahl der Stahlstangen erkennen.

»Nun bin ich aber der Meinung«, fuhr Dex fort, »daß wir Nuses ersten graden Turm sehr wohl mitbenutzen könnten. Wollen wir das aber, so sind wir wohl genötigt, noch drei andre grade Türme zu errichten, damit das erste Stockwerk des großen Turms ein regelmäßiges wird. Wir bauen die graden Türme wohl am besten an den Ecken eines Quadrats, dessen Seiten nicht viel mehr als zehn Meilen lang werden dürften. Zwischen den graden Türmen denke ich mir dann je zehn schiefe, sodaß wir das ganze Gerüst auf vierundvierzig Grundtürmen errichten.«

Dieser Vorschlag wurde nach längeren Reden angenommen. Peka sagte aber zum Schluß:

»Das Wort ›Gerüst‹ ist gefallen. Das scheint mir sehr bezeichnend zu sein. Ich glaube, daß das Ganze wie ein großes Gerippe aussehen wird, dem das Fleisch fehlt. Ich fürchte, der Lesabéndio-Turm wird zur Verschönerung unsres Sterns nicht viel beitragen.«

Großes Halloh entstand, und der Biba sprach danach:

»Nicht so heftig! das möchte ich immer wieder allen Pallasianern zurufen. Wir dürfen ein so großes Werk nicht so stürmisch anpacken, sonst geht uns zu schnell unsre Kraft aus. Peka kann doch die Fundamente für die Grundtürme in großen Kristallformen fest verankern. Labu kann die Knotenpunkte im Gerüst ganz nach seinem Geschmack gliedern und umschalen. Und Manesi kann überall, wo leere Flächen entstehen, seine Rankenpflanzen anbringen. Dadurch wird doch der Gerüstcharakter des Ganzen aufgelöst.«

»Das sind zunächst Versprechungen!« sagte der Manesi, »ich fürchte, daß uns die große weiße Wolke oben manchen Strich durch die Rechnung machen wird.«

Daran wollten nun die Meisten nicht glauben. Lesabéndio, Dex und Biba versicherten immer wieder, daß die künstlerische Ausgestaltung des großen, zehn Meilen hohen Turms, der Kopf- und Rumpfsystem des Pallas miteinander verbinden sollte, nicht vernachlässigt werden würde.

Peka bekam gleich den Auftrag, die Fundamentformen in Zeichnungen herzustellen. Und so gingen denn alle Pallasianer an die große Arbeit – manche mit sehr gemischten Gefühlen – besonders die Anhänger von Peka, Labu und Manesi.

Und nun entstanden zunächst die drei graden Türme, die dem ersten des Nuse entsprachen. Peka stattete bei dem einen das Fundament mit mächtigen Kristallblöcken aus, die sehr hell funkelten. Aber drei Türme blieben ohne die Kristallfundamente. Als die graden Türme so weit fertig waren, daß sie fest zusammenhielten und die nötige Tragkraft versprachen, wurden alle Arbeiter wieder von so nervöser Hast und Unruhe gepackt, daß man sofort die Herstellung der vierzig schiefen Türme in Angriff nehmen mußte. Man wollte baldigst Resultate sehen. An den vier graden Türmen hatte man zwanzig Tage und zwanzig Nächte fast ohne Unterbrechung gearbeitet.

Biba mahnte wieder zur Ruhe, er erklärte, daß der Pallasianer auch schlafen müsse, sonst könne sein Körper nicht die nötige Nahrung aufnehmen.

Widerwillig bequemte man sich zu längerer Nachtruhe. Aber dann gings wieder los, als säßen unruhige Hetzgeister den Pallasianern im Nacken. Und man dachte garnicht mehr an künstlerische Ausgestaltung. Man wollte nur alles so fest wie möglich machen, befestigte verankerte Stangen noch weiter dem äußeren Trichterrande zu in den Stein und brachte da auch starke Drahtseile an, mit denen die schiefen Türme festgehalten wurden.

Jetzt waren bald nur noch Stangen und Seile zu sehen.

Und nach hundert Tagen und hundert Nächten reckten sich vierzig schiefe Stöcke in die Luft – jeder war eine Meile hoch, und er hatte neben sich viele Stangen und Seile, mit denen er von hinten festgehalten wurde.

Das sah keineswegs entzückend aus.

»Wie ichs befürchtet habe«, sagte Peka, »so ist es gekommen. Das hab ich alles vorausgesehen. Jetzt haben wir eine herrliche Krone für unsern Stern zurecht gezimmert. Und uns tun alle unsre Glieder weh, und viele Pallasianer haben Verletzungen erlitten, sodaß von Labus vielen Salben nicht viel übrig geblieben ist.«

Biba, dessen Bein wieder ganz geheilt war, sprach in der Volksversammlung und bat alle flehentlich, doch ja Geduld zu haben. Und dann sprach er mit Peka allein.

Doch Peka sagte heftig:

»Die Versprechungen sind mir noch nicht gehalten. Ich habe erst ein einziges Fundament mit riesigen Kristallen umgeben – dreiundvierzig sind noch ohne Kristall.«

Nun wollte der Biba dafür sorgen, daß zuerst die Fundamente hergestellt würden. Da jedoch stieß er überall auf Widerstand.

Dex sagte:

»Wenn das geschieht, so werden wir niemals mit dem großen Turm fertig.

Die Fundamente würden mindestens zweihundert Tage und zweihundert Nächte beanspruchen. Jetzt müssen zunächst alle Türme oben miteinander verbunden werden, damit das ganze Gerüst feststeht und nicht mehr fallen kann.«

Und man tat in weiteren fünfzig Tagen und fünfzig Nächten, wie der Dex verlangt hatte.

Das war aber eine ungeheuerliche Arbeit, nach der alle ganz erschöpft dalagen und kaum die Glieder bewegen konnten. Eine mehrtägige Pause mußte eintreten.

Und da besuchte Lesabéndio den Labu in dessen großem Atelier, das neben dem des Peka lag.

Labu lag ganz traurig auf einer großen hellblauen Türkisschale und sagte:

»Lieber Lesabéndio! Wir sind hier ganz dicht neben Pekas Atelier, und ich habe den Peka schon zweimal sehr laut zu sich selber sprechen hören. Ich weiß nicht, was ihm fehlt. Verletzt beim Turmbau hat er sich nicht. Ich war bei ihm. Aber das ist es nicht, was mich so traurig macht. Etwas Andres macht mich traurig. Ich habs noch keinem bisher gesagt. Ich wollte zuerst mit Dir darüber sprechen.«

Lesabéndios Augen glühten wie zwei kleine Scheinwerfer, und er sagte ruhig:

»Ich bin auf das Schlimmste gefaßt. Sage nur, was Du mir zu sagen hast. Wir werden schon einen Ausweg finden.«

»Ich fürchte«, erwiderte Labu, »das wird nicht so schnell gehen. Du weißt: die Kaddimohnstangen sind sehr lang. Die meisten sind über dreitausend Meter lang, viele sind eine ganze Meile lang. Mit solchen Stangen da oben in der Luft zu hantieren, war sehr schwierig.«

»Das weiß ich doch«, rief heftig der Lesabéndio dazwischen, »halte Dich doch nicht so lange mit der Einleitung auf. Ich bin doch auch allmählich sehr ungeduldig geworden.«

»Du solltest«, versetzte Labu, »aber nicht so ungeduldig sein – Du am allerwenigsten. Aber ich will mich kurz fassen: sehr viele Verletzungen haben die Pallasianer beim Turmbau davongetragen – namentlich an den Saugfüßen. – Und – und – meine Salbe ist dabei aufgebraucht worden. Und ich weiß nicht, wie ich neue herstellen soll. Es ist mir ganz unmöglich, Flüssigkeiten zu bereiten.«

»Oh!« rief Lesabéndio, »das ist schlimm!«

»Ja«, fuhr Labu fort, »Tropfen würde ich mit Jubel begrüßen. Der Stern Pallas ist zu trocken. Zwanzig Quetschungen habe ich bei zwanzig Pallasianern bereits mit einer Masse eingerieben, die garnicht feucht ist und deshalb garnicht wirken kann. Die Ärmsten dauern mich. Ich weiß mir nicht mehr zu helfen. Wenn wir auf dem Stern Quikko Flüssigkeit entdecken könnten . . .«

»Das nimmt ja«, sagte Lesabéndio, »zu viel Zeit in Anspruch. Das geht ja garnicht. Dann müßten wir ja mindestens zwanzig Tage und zwanzig Nächte pausieren.«

Nach diesen Worten hörten die Beiden in Pekas Atelier plötzlich einen furchtbaren Schrei, der in ganz unartikulierte Laute überging. Die Beiden sprangen auf und flogen zum Peka und sahen, wie er sich auf dem Fußboden wand wie eine Schlange – sein Körper zuckte. Und dann schrie der Peka noch lauter und rief plötzlich:

»Du hast mich zerstört! Du hast mir Alles genommen. Du hast mich vernichtet. Dein verfluchter Turm hat meinen Künstlerträumen ein erbärmliches Ende bereitet. Das kann ich nicht überleben. Du hast mich zerstört.«

»Still! still!« sagte Lesabéndio, »Du brauchst ja oben nicht mehr mitzuarbeiten. Du kannst ja hier in Deinem Atelier bleiben. Sei doch nicht so aufgeregt. Ich konnte doch nicht anders. Ich mußte doch auf meinem Wege bleiben. Zürne mir nicht! Vergib mir!«

Aber Peka schrie wieder wie ein Rasender, und große Tropfen stürzten aus seinen Augen. Und er sagte mit heiserer Stimme:

»Dein Trost nützt mir nichts. Ich habe die Hoffnung verloren. Jetzt habe ich nicht mehr die Hoffnung, daß meine Ideen jemals ausgeführt werden. Daran ist nicht mehr zu denken. Alles hat Dein Turm verschlungen. Du hast mir Alles zerschlagen – alle meine Brillanten – alle meine harten Granitblöcke. Du hast mich selbst zerschlagen. Für die Wunden gibt es keine Salben. Ich gehöre nicht mehr auf den Pallas. Was soll ich hier? Ich bin überflüssig. Und ich kann es nicht ertragen, überflüssig zu sein. Alle meine Träume von der glatt polierten Zukunft des Pallas sind zerflattert. Und ich kann das nicht ertragen. Ich möchte Deinen Turm zerreißen. Ja, das möchte ich, Lesabéndio!«

Und abermals traten dicke Tropfen aus Pekas Augen und rieselten über seine Wangen.

Labu aber sprang hoch auf und schrie plötzlich auch. Sein Schrei klang aber wie der Schrei der höchsten Seligkeit.

Wie ein Toller sprang Labu in Pekas hohem Atelier herum. Und dann riß er eine kleine Flasche von seinem Halsbande los, bückte sich zu Peka und rief:

»Ich habs! Ich habs! Peka, gib mir mehr Tropfen aus Deinen Augen! Dann kann ich wieder Salbe machen!«

Und er fing alle Tropfen, die aus Pekas Augen kamen, in seinem Fläschchen auf und lachte wie ein Toller.

Peka sah den Labu ganz verwundert an und sagte leise:

»Was ist denn das? Ich verstehe Dich nicht.«

»Oh!« rief da der Lesabéndio, »ich verstehe, was es ist. Das sind sogenannte Tränen – kostbare Flüssigkeiten. Vor langer Zeit sind schon bei einem alten Pallasianer, der verschwunden ist, solche Tränen entdeckt worden. Man sagte damals, er habe geweint. Weine mehr, lieber Peka! Den Labu wirst Du glücklich machen. Und die verwundeten Pallasianer wirst Du auch glücklich machen. Dein Schmerzensausbruch ist für uns ein großes Glück.«

Da sah der Peka die Beiden groß an. Und als ihm Labu von seiner Verlegenheit erzählt hatte, traten dem Peka noch mehr Tränen in die Augen.

Und da mußten plötzlich alle Drei furchtbar lachen – auch der Peka.

Zwölftes Kapitel

Die kleinen Quikkoïaner zeigen, was sie können. Der Nax tut sich ganz besonders hervor. Die weiche Natur der Quikkoïaner steht zur harten der Pallasianer in schroffem Gegensatz. Das zweite und das dritte Stockwerk des Turms werden gebaut. Peka ist sehr unglücklich, daß er bei einer Arbeit bleiben muß, die für seine Ideen wertlos ist. Nax will ihn trösten – das gelingt ihm aber nicht. Nax hat Mitleid mit dem Peka und will den Sofanti verhindern, seine Häute auszuspannen, die gegen die Spinngewebewolke, von der die Arbeit oben behindert wird, einen Schutz bilden sollen. Es gelingt aber dem Nax, den Sofanti vom großen Plan abzubringen, ebenfalls nicht. Dagegen gelingt dem Sofanti, die Häute so stark zu machen, daß sie von der Spinngewebewolke nicht mehr zerrissen werden können.

Und alles lachte über Labus Tränenspaß, und der Peka mußte immer mitlachen, was ihm schließlich etwas schwerfiel.

Aber den kleinen faustgroßen Quikkoïanern machte es den allergrößten Spaß, daß die Tränen der größten Wut und des größten Schmerzes zur Heilung kranker Gliedmaßen benutzt werden konnten.

Peka und Labu hatten daher immer einen der Quikkoïaner am Halsbande. Deren lustige ziel- und sorgenlose Gemütsart erheiterte die Pallasianer. Der kleine Nax war ganz besonders ausgelassen; er arrangierte immer wieder etwas Neues.

»Wir sind an Eure große Schwerfälligkeit«, sagte er zwitschernd, »noch nicht gewöhnt. Auf dem Quikko haben wir uns niemals Mühe gegeben, etwas zu verbessern oder auszubauen. Daran dachten wir nie. Der Pallas ist ein ganz besondrer Stern. Der verändert sich nicht so leicht; er ist sehr hart und trocken und undurchsichtig. Der Quikko dagegen ist sehr weich, gallertartig und durchsichtig. Letzteres allerdings nur, wenn er will. Aber wir sind ebenso wie unser Stern – auch so leicht veränderlich wie er.«

Und dann gab er seinem kleinen Körper die Tonnengestalt des Sterns Pallas und wurde undurchsichtig und bekam blaue Flecke und ein Loch in der Mitte und oben und unten zwei kleine Trichter. Von dem Kopf des Quikkoïaners war dabei nichts zu sehen.

Die Pallasianer starrten das Wunder mit Mikroskopaugen an. Der Nax drehte sich und schwebte frei in der Luft. Das machte natürlich auf dem ganzen Pallas großes Aufsehen. Und der Peka interessierte sich so sehr dafür, daß man zwei Tage und zwei Nächte den großen Turmbau auf dem Nordtrichter gänzlich vergaß.

Es hätte nun nicht viel gefehlt – und die Gedankenrichtung der Pallasbewohner wäre durch die kleinen Gäste bald in eine ganz andre Richtung gekommen.

Lesabéndio erkannte die Gefahr und sprach darüber mit dem Biba, und der sagte:

»In diesem Nax steckt zweifellos ein kleiner Spötter. Aber er kann nicht alles, was er will. Er hatte mir schon längst von dieser Umwandlung seines Körpers erzählt. Er wollte auch über sich ein kleines Kometensystem erzeugen, um ganz dem Pallas ähnlich zu sehen. Aber das ist ihm glücklicherweise nicht gelungen. Die Kleinen kriegen es immer fertig, sich lustig zu machen – über alles Mögliche. Aber es hat seine Grenzen. Eine Gefahr für unsern Turm besteht aber in diesen Verwandlungskünstlern, die uns eigentlich sehr scharf verspotten.«

Darin hatte nun der gute Biba Recht, denn die Quikkoïaner gaben immer wieder andre Umwandlungen ihres Körpers zum Besten. Sie übten sich darin, wenn sie unter sich waren – hauptsächlich dann, wenn die Pallasianer schliefen; die Kleinen vom Quikko brauchten sehr wenig Schlaf – konnten außerdem immer schlafen, wenn sie wollten – sie wurden dabei zur runden undurchsichtigen Kugel.

»Wir«, sagte Lesabéndio, »quälen uns, um eine Umwandlung unsres Sterns hervorzubringen, ganze Jahrhunderte hindurch. Und diese Kleinen wandeln sich alle Tage um – bald sehen sie aus wie ein kleiner Pallasianer – dann ähneln sie wieder unsern Glühwürmern – dann werden sie zu Ballonpflanzen – dann zu Kreisringen, die sich um unsre Stirn und um unsern Leib schnallen können wie ein Gurt. Man könnte die Kleinen beneiden. Was wir mit schmerzlichstem Selbstüberwinden kaum erreichen – das machen die zum Spaß – aus Laune. Wir müßten die Kleinen beschäftigen, damit sie die Unsrigen nicht ablenken.«

Biba sagte dazu:

»Nax müßte dem Peka am Halse bleiben, um ihn zu erheitern, Manesi und Labu müssen auch ihre Leib-Quikkoïaner bekommen. Ich werde versuchen, die Kleinen zu überreden. Peka wird uns ganz bestimmt bald sehr gefährlich werden. Auf uns hören ja die Kleinen. Ich bin übrigens sehr sehr ungeduldig und möchte, daß wir den Bau des nächsten Stockwerks noch heute in Angriff nehmen. Bist Du nicht auch der Meinung?«

»Sofort müßten wir«, versetzte Lesabéndio lebhaft, »mit dem Weiterbau beginnen. Ich kanns kaum noch erwarten. Aber Du mußt erst die Kleinen für unsre Arbeit wieder mehr zu interessieren suchen. Sie haben uns ja schon so viel dabei geholfen. Das wollen wir nicht vergessen. Die einmütige Abstimmung auf dem Modellturm wäre ohne die Kleinen nicht möglich gewesen.«

Nun tat Biba, wie Lesabéndio wollte. Und dann begann man am nächsten Tage mit dem zweiten Stockwerk.

Dex war der Meinung, daß man das zweite Stockwerk so schräg wie möglich ansetzen müsse, um an Kaddimohnstahl in den höheren Stockwerken zu sparen.

Der Turmbauer Nuse führte eine Verbesserung der Maschinen ein, mit denen der Stahl aus dem Innern des Sterns herausgezogen werden mußte. Und auch die Maschinen, die den Stahl zu den Höhen emporbrachten, wurden verbessert.

Und so ging dieses Mal die Arbeit viel schneller, und Verletzungen beim Halten und Befestigen der Stahlschienen kamen garnicht mehr vor.

Nach dreiundfünfzig Tagen und Nächten war auch das zweite Stockwerk fertig – wie ein schräges Dachgestell ragte es über dem Nordtrichter zur Mitte zu.

Die Pallasianer waren wieder alle sehr ermüdet und wollten eine größere Pause haben.

Aber Lesabéndio und Biba waren unruhiger und ungeduldiger als bisher. Auch Dex und Nuse waren sehr ungeduldig und wollten nichts von einer Pause wissen. Sofanti war der ungeduldigste von allen, er sagte:

»Jetzt müssen wir aber endlich wissen, ob uns die große Spinngewebewolke gefährlich werden kann. Wenn das wäre, müßte ich für riesige Hautmassen sorgen, damit wir so dem Spinngewebe gegenüber geschützt sind. Ob das mit den Häuten, die ich herstellen kann, möglich ist, das weiß ich natürlich noch nicht. Aber wir werden es wissen, wenn wir nochmals ganz schräge das dritte Stockwerk ansetzen. Darüber müssen wir endlich ins Klare kommen. Wir haben keine Zeit zu verlieren.«

Und es gelang dem Sofanti und seinen Freunden, die Andern zu überreden. Und man setzte das dritte Stockwerk auf die beiden andern – so schräge wie möglich.

Und als die ersten vier Türme fest saßen, kletterten einige Pallasianer beim Nachtanbruch hinauf – und da mußten sie der großen Spinngewebewolke weichen – ganz oben konnten sie nicht bleiben. Nun kam wieder eine neue Bewegung in die Bauleute. Sofanti hatte Recht gehabt.

Jetzt handelte es sich zunächst darum, auszuprüfen, ob die Sofanti-Häute vor der Wolke schützten. Um das auszuprüfen, mußte man noch mehr Türme bauen. Und man baute schließlich mit der größten Heftigkeit alle vierundvierzig. An den oberen Teilen konnte nur am Tage gebaut werden. Nun waren die Spitzen der obersten Türme miteinander zu verbinden. Und das beanspruchte sehr lange Zeit, da beim Herannahen der Wolke alle Bauleute wieder runterkommen mußten.

Nach hundert Tagen und Nächten wußte man immer noch nicht, ob die Sofanti-Häute genügenden Schutz zum Weiterbauen gewähren würden.

Und der Peka wurde immer ungeduldiger. Aber seine Ungeduld war von andrer Art als die von Lesabéndio, Biba, Dex, Nuse und Sofanti. Diese konnten beim Turmbau ihre künstlerischen Ideen einigermaßen zur Geltung bringen, Peka aber sah, daß er ganz kaltgestellt war. Und Labu und Manesi sahen, daß es ihnen ebenso ging wie dem Peka.

Der kleine Nax gab sich die größte Mühe, den Peka zu trösten. Aber Naxens Verwandlungsscherze erzielten bald nicht mehr die Wirkung wie bisher. Peka wurde immer trauriger.

Die Quikkoïaner hatten mittlerweile gelernt, ihrem Körper kleine Flügel zu geben, mit denen sie sich ganz frei in der Luft halten und somit vor dem Gesicht des Pallasianers sprechen konnten, wenn dieser oben mit dem Lenken und Befestigen der Kaddimohnstahlstangen beschäftigt war.

In einer solchen Situation sagte der Nax zum Peka hoch oben drei Meilen über dem Nordtrichter, als hell die Spinngewebewolke herunterglänzte, während die Sterne ringsum smaragdgrün im dunkelvioletten Himmel funkelten:

»Lieber Peka! Ich verstehe den Eigensinn nicht. Wenn man sich auch Hunderte von Jahren damit befreundet hat, die Zukunft seiner Umgebung nur in einer harten, kantigen Brillantenarchitektur zu erblicken, so kann man doch, wenn man einsieht, daß die Ausführung dieser Idee nicht gut möglich ist, ganz gemütlich darauf verfallen, sich die Sache in der Phantasie auszumalen und die Wirklichkeit zu lassen, wie sie grade ist. Ich verstehe nicht, warum man eigensinnig grade die Ausführung im großen Maßstabe will, wenn man sie im kleinen Maßstabe haben kann. Der ist doch auch etwas. Unsre Phantasie ist doch auch was Reales. Wie kann man nur so eigensinnig sein wie Du und wie Labu und Manesi, die auch immer jammern. Auf dem Quikko jammerte man nie. Da wollte keine Seele das, was sie nicht konnte. Man wollte nur das, was man konnte.«

»Jawohl«, versetzte Peka, »aber das hat Euch auch grade so weit gebracht, daß Ihr gar keine höheren Ziele kennen lerntet. Ihr habt auch niemals gewußt, was es heißt, nach unsäglichen Mühseligkeiten endlich sein Ziel zu erreichen. Ihr seid immer sehr zufrieden. Aber dafür habt Ihr auch niemals stärkere gewaltigere körpervernichtende Seligkeiten kennen gelernt. Ihr lebt hier immer nur als Zuschauer und als Spaßmacher und seid dabei ganz zufrieden. Was wir aber bei dieser nervenzerstörenden Arbeit empfinden, davon habt Ihr gar keine Ahnung. Du weißt nicht, was ich leide. Und Du wirst meinen Schmerz niemals verstehen.«

Der kleine Nax wußte nicht recht, was er sagen sollte. Schließlich meinte er ganz treuherzig:

»Du, ich werde dem Lesabéndio und dem Biba auseinandersetzen, daß sie doch die ganze Turmgeschichte aufgeben müßten. Wenn höher hinaufgebaut werden sollte, so würde doch alles durch die Spinngewebewolke zerstört werden. Die Sofanti-Häute würden nichts nützen. Das werde ich sagen. Und dann kannst Du unten Brillantenarchitektur machen. Du hast dem Lesabéndio und Biba geholfen, solange es ging. Sie müssen Dir dafür auch helfen, solange es geht. Und dann wirst Du Deinen Schmerz los und wirst wieder so lustig wie ich. Ich kanns garnicht ansehen, wenn Einer so traurig ist wie Du. Ich gebe ja gerne zu, daß ich nicht die stärksten Seligkeiten kenne – aber wenn ich die mit so viel Qualen erkaufen soll wie Du – dann will ich sie lieber niemals kennen lernen. Das kannst Du mir glauben.«

»Du bist eben«, erwiderte Peka, »ein kleiner Flachkopp und hast keine Knochen im Leibe wie die harten Pallasianer. Ich möchte wieder nicht so leicht veränderlich und so wenig fest wie Du sein – das kannst Du mir auch glauben.«

Sie sprachen noch lange so weiter, und der kleine Nax flog zum Sofanti und setzte ihm auseinander, daß seine Häute wohl nicht genügenden Schutz den Wolken gegenüber gewähren würden.

Da kam aber der Kleine schön an.

»Dann machen wir«, sagte Sofanti lachend, »die Häute immer dicker, bis sie gut sind. Die Häute werden ja trotzdem durchsichtig bleiben. Du willst wohl die Pallasianer verleiten, von ihrem Plan abzukommen; der Peka scheint Dir mit seinen Tränen ein wenig imponiert zu haben. Aber glaube nur: wir schätzen jeden Pallasianer, aber deswegen schätzen wir doch unsre Ideen noch viel mehr als alles andre. Da gibt es keine Rücksichten. Wenn wir was wollen, setzen wir das auch durch – mag kommen, was da will. Auch vor den Tränen der Andern haben wir keine Angst. Das, was von uns einmal als richtig erkannt worden ist, das muß zum Durchbruch kommen. Wir verändern unsre Ideen nicht. Wir haben keinen veränderlichen Leib wie Ihr. Und wir haben auch keinen veränderlichen Kopf wie Ihr. Wir können nicht heute dieses und morgen jenes wollen. Wir bleiben immer in derselben Richtung, wenn auch die ganze Welt untergeht.«

»Seid Ihr aber hart!« rief da der kleine Nax aus, und er flog zum Lesabéndio und wollte ihn überreden, die Turmgeschichte aufzugeben – doch er fand die richtigen Worte nicht und wagte es schließlich garnicht, den Mund aufzutun.

Und beim Biba ging es ihm ebenso.

Und dann wurden die Sofanti-Häute oben drei Meilen über dem Nordtrichter ausgespannt. Und – sie rissen entzwei.

Aber Sofanti ließ stärkere Häute hinaufbringen – und die rissen abermals entzwei.

Der kleine Nax lachte und rief, während er sich in ein zwanzig Quadratmeter großes Hautstück umwandelte – ein ganz neuer Scherz, auf den er sehr stolz war:

»Lieber Sofanti, vielleicht verwendest Du die Quikkoïaner als Schutzhüllen. Wir opfern uns gerne, wenn wir auch die größten Seligkeiten der Tatkreaturen nicht kennen.«

Sofanti lachte und ließ sich nicht stören.

Und nach zehn Tagen und zehn Nächten hatte er neue Häute oben, die dem Drucke der Spinngewebewolke – Stand hielten.

Da gabs aber keinen großen Jubel auf dem Pallas; die Bewohner dieses Sterns waren durch die lange Arbeit so erschöpft, daß Keiner mehr was von Neuigkeiten hören wollte.

Auch die Quikkoïaner fanden keine Zuhörer, und sie blätterten daher am Halsbande der Pallasianer in den kleinen Büchern und lasen darin.

Dreizehntes Kapitel

Lesabéndio, Peka und Biba werden in ihren Schlafsäcken kurz vor dem Einschlafen mit ihren Monologen vorgeführt. Peka bekommt, um Haut zu schaffen, den Auftrag, die Fundamente der vierundvierzig Randtürme architektonisch auszubauen. Er tut das bei drei Türmen und erklärt, daß er aus dem ganzen Pallas einen Kristallstern machen möchte. Dem widersprechen sogar seine Freunde Labu und Manesi. Sofanti aber merkt, daß Peka in einem Jahrhundert nicht das notwendige Hautmaterial für die oberen Stockwerke des Lesabéndio-Turms herstellen kann. Alles verzweifelt. Nax aber hat eine erlösende Idee.

Als es auf dem Pallas dann wieder mal Nacht wurde durch die Spinngewebewolke, da lag Lesabéndio oben im Nordtrichter auf einer Pilzwiese in einer tiefen Talschlucht und fühlte, wie sich seine Nachthaut vom Rücken aus aufspannte und sich dann anderthalb Meter über ihm oben zusammenschloß. Lesa steckte sich einen Zweig seines Blasenkrautes in den Mund, ließ seinen linken Arm elektrisch leuchten und rauchte, daß große schimmernde Blasen zur Decke seines Schlafsackes aufstiegen – die Blasen veränderten, wenn sie aus dem Munde mit den kleinen weißen Kautschukzähnen herauskamen, immer wieder ihre Farben und sahen oft wie Perlmutter und wie Seifenblasen aus, wenn sie langsam sich drehend emporstiegen; und oben an der Decke des Schlafsackes bewegten sich die Farbenspiele noch lange Zeit in den Blasen, ohne daß diese zerplatzten.

»Nun sind wir«, sprach Lesa unhörbar zu sich selbst, »wieder eine ganze Strecke höher gekommen, schon drei Meilen hoch. Und ich habe beinahe vergessen, warum wir diese schwere Arbeit übernahmen – und die Andern vergaßen wohl auch, wozu das alles sein soll. Wir handeln eben garnicht in erster Linie nach unserm Willen. Der große Geist unsres Sterns herrscht in uns, und wir sind nur scheinbar selbständige Wesen. Was unbewußt in uns tätig ist, das ist das Mächtigste in uns. Und ich glaube, daß das Führende hoch über uns im Kopfsystem des Pallas lebt, – in der großen Wolke, die uns Tag und Nacht gibt – und über der großen Wolke – in den gefesselten Kometen – zu denen wir hinstreben. Ihretwegen bauen wir immerzu an dem großen Turm. Das ist gar keine künstlerische Geschichte mehr – das ist ein Andres – ein Unbegreifliches. Wir fühlen uns auch nur wohl, wenn wir uns mit dem Gewaltigen ganz eins wissen. Ich möchte mal ganz und gar mit ihm zusammen ein Wesen sein. Vielleicht sterbe ich mal anders als die andern Pallasianer – vielleicht nimmt Er da oben – der Gewaltige – mich auf, wenn ich schwach und durchscheinend werde. Wir werden transparent, wenn wir dem Tode nahe sind. Aber ich glaube . . .«

Lesabéndio schlief ein, und er träumte von einem großen Sonnensystem – und das wirkte auf ihn wie ein System von Millionen Gummistrippen, die sich immer wieder auseinanderzogen und sich dann wieder näherten – und er wußte nicht, ob sie sich lieber zusammenziehen oder auseinanderziehen wollten – aber die Millionen arbeiteten immerzu – bald so und bald so – und es entstand dabei eine feine schwingende Saitenmusik – und dann rissen ein paar Saiten entzwei, und es dröhnte ganz dumpf durch den großen Raum. Und an den Enden der Strippen saßen plötzlich grüne spinnenartige Wesen mit ganz langen Beinen, die auch zu Gummistrippen wurden und bald länger und dann wieder kürzer wurden.

Und während Lesa so träumte, lag der Peka nicht weitab von ihm – auch rauchend – in seinem Schlafsack und sprach laut zu sich selbst – ungefähr so:

»Jetzt braucht man Haut. Und da die Haut nur auf den polierten Steinen bei uns wächst, so wird man mir Gelegenheit geben, mit meinen polierten Steinen große Fundamentalbauten herzustellen. Etwas werde ich machen können in meiner Art. Aber viel wirds nicht werden – das weiß ich schon. Einiges kann ich machen, weil man mich braucht. Aber dadurch kommt das kristallinische Prinzip – die Kunst der Raum- und Flächenrhythmik – das Architektonische – nicht zur vollen Entfaltung auf dem Pallas. Der ganze Turm ist doch keine Kunstangelegenheit – der Turm da oben ist ein simples Nutzwerk – wie eine Brücke oder eine Bandbahn. Architektur sah niemals so geripppartig aus – die will stets das Kompakte. Die Ingenieure, die unsre Bandbahnen bauten, waren keine Künstler – keine Architekten – und die Ingenieure wie Dex und Nuse, die heute den großen Nordtrichterturm bauen, sind auch keine Künstler – keine Architekten. Hier sind zwei einander widerstrebende Richtungen, und ich vermag nicht einzusehen, wie da jemals eine Einigung möglich wäre. Das eine wird vom andern erstickt. Was ich wollte, wird auch durch diese Ingenieure erstickt. Und da muß man ganz ruhig sein. Und ich kanns nicht sein. Meine Welt wird mir zerschlagen. Man gibt mir jetzt ein paar kleine Aufgaben, um mich zu zerstreuen und ein wenig zu beruhigen. Ich aber kann von der Phantasie allein nicht leben. Ob das eine Schwäche ist? Dann wäre ich schwach – ich kann nicht dafür. Aber mein Beharren im einmal Erkannten ist doch wieder eine Stärke. Oh – wer Alles vereinen könnte – so vieles widerstrebt dem andern . . .«

Und Peka schlief auch ein und träumte von Brillantensonnen – die glühten mächtige Strahlenbündel ins weite All hinaus.

Und währenddem lag der Biba gleichfalls in seinem Schlafsack auf dem Nordtrichterrande nicht weit von der äußeren Kruste, an die sich vorsichtig die geheimnisvolle Spinngewebewolke anschmiegte. Biba sagte laut:

»Wieviel Unbegreifliches haben wir in unserm Leben zu ertragen! Mich zieht die Centralsonne immer wieder an, den Lesa zieht das Kopfsystem des Pallas an. Aber – was ist dieses Anziehen? Warum zieht in unserm Sonnensystem eins das andre mit unsichtbaren Fäden zu sich? Und warum gibt es so viele Dinge, die wieder zurückdrängen und nicht an das herankommen lassen, was doch eigentlich unaufhörlich das Näherkommen des Angezogenen möchte? Wie unbegreiflich das alles ist. Lesabéndio glaubt jetzt wohl schon, daß er mit dem Kopfsystem des Pallas eins werden könnte – in Bälde. Ich glaube nicht daran, daß ich bald mit unsrer Centralsonne eins werden könnte. In zehn Millionen Jahren vielleicht! Ja vielleicht dann noch nicht einmal. Aber die Pallasianer sollten den Turm doch weiterbauen – schon der Spinngewebewolke wegen – die sonst nichts an sich herankommen läßt – die mehr abstößt als anzieht – die muß durch den Turm entfaltet werden – vielleicht wollen wir nur darum unsern Stern künstlerisch ausbauen – vielleicht kommt es garnicht auf das Künstlerische an – vielleicht will der große Stern nur, daß wir oben den Turm bauen – damit sich oben einiges verändert.«

Biba schlief nun auch ein und träumte von einer großen blauen Kiste, die von oben herunterkam und plötzlich auseinanderging, wobei große und kleine Tiere und viele bunte Steine herausfielen.

Am nächsten Morgen kam Sofanti zum Peka und setzte diesem auseinander, daß er jetzt große Fundamentalbauten mit großen kristallinisch geschliffenen Steinen herstellen müsse. Peka tat nicht sehr erfreut, aber doch so, wie man wollte; von den vierundvierzig Grundtürmen gab er drei Türmen ein imposantes Fundament.

»Das ist«, sagte er, »eigentlich nur eine dekorative Arbeit. Rein künstlerische Ideen sind hier nicht leitender Teil, das Ganze wird gemacht, um Haut zu bekommen. Utilitätsprinzipien sind hier nur herrschend. Die rhythmische Gliederung der Raum- und Flächenteile kann dabei nicht so durchgeführt werden – wie bei ganz reiner, absichtsloser Baukunst.«

Nun waren anfangs alle Pallasianer sehr gern bereit, Pekas Ideen gerecht zu werden, doch Peka zeigte sehr bald, daß er mehr haben wollte, als er beanspruchen konnte. Pekas Hauptidee war: dem ganzen Stern Pallas eine vielseitig geschliffene, kristallinische Form zu geben. Peka konnte die unregelmäßigen Formen nicht vertragen, und er sagte das; er sagte das immer wieder noch mal, sodaß schließlich seine besten Freunde ungeduldig wurden.

»Ordnungsfanatiker«, sagte Manesi, »mögen ja künstlerisch sehr berechtigt sein. Aber die Natur unsres Sonnensystems zeigt eine Ordnung, die dem Symmetrischen oft entgegenarbeitet. Wir müssen es für einseitig erklären, wenn Peka die Rhythmisierung der Raum- und Flächenteile nur durch kristallinisch-symmetrische Formen durchführen möchte. Eine Guirlandenkunst, wie ich sie haben möchte, ist mit der gerüstartigen Trockenheit des großen Turmsystems viel eher vereinbar als mit der starren Schwerfälligkeit eckiger Kanten- und Seitenkunst. Die Bogen haben doch mindestens dieselbe Berechtigung wie die Winkel.«

Dem stimmte natürlich auch Labu sehr lebhaft bei, da Labu ebenfalls die komplizierten Bogenkurven in allen seinen Entwürfen bevorzugte und grade Linien sowie alle Winkel, Kanten und Ecken zu überwinden bestrebt war.

Und so stand der arme Peka bald ganz allein mit seinem kantigen Ordnungsfanatismus da, obschon man zugab, daß seine Fundamentkompositionen an den drei Türmen ganz herrlich wirkten. Da gab es dreihundert Meter hohe, ganz waagrecht aufsteigende Spiegelwände und dann viele rechtwinklige Schluchten und köstliche Überkragungen und tausendkantige Säulen dazwischen. Alles funkelte. Und die Haut gedieh auf den glatten Flächen ganz vortrefflich. Und die Terrassen glänzten.

Dex, Nuse und Sofanti rechneten wärenddem ganz genau aus, wieviel Haut sie oben gebrauchen würden. Und sie sahen sehr bald ein, daß sie sehr viel Haut gebrauchen würden.

»Die zwanzig Fundamentbekleidungen«, sagte Sofanti, »werden uns nicht so viel Haut liefern, wie wir brauchen. Wenn wir den Turm in der angefangenen Weise weitere sieben Meilen hoch bauen wollen, so brauchen wir so viel Haut, daß Peka tatsächlich den ganzen Nordtrichter kristallinisch gliedern müßte. Das würde aber so lange Zeit beanspruchen, daß wir das alles kaum überleben dürften.«

Das sahen alle Pallasianer ein. Und man war nicht mehr gerne bereit, den Peka in seinen Arbeiten zu unterstützen.

Und der Weiterbau des Turms ohne das notwendige Hautmaterial erschien Allen als unmöglich, da die Spinngewebewolke alle Arbeit oben unmöglich machte. Wenn nur so lange oben gearbeitet werden konnte, wie die Wolke oben leuchtete, so zog sich die ganze Geschichte allzu lange hin.

Somit waren die Pallasianer der Meinung, daß man das begonnene Werk liegen lassen müsse; Unmögliches ließe sich doch nicht durchsetzen, sagten sie mit mitleidigen Mienen.

Und man bedauerte den Lesabéndio.

Der aber saß eines Tages ganz ruhig oben auf dem Turmgerüst drei Meilen über dem Rande des Nordkraters und lächelte, und der kleine Nax umschwebte den Kopf des Lesa in zierlichen Kurven und sah, daß Lesa lächelte.

»Ei! Ei! lieber Lesa«, rief der kleine Nax, »ich sehe, daß Du lächelst, während man Dich unten überall bemitleidet. Du siehst so glücklich und garnicht bemitleidenswert aus. Was denkst Du? Glaubst Du, daß Dir und Deinem Turm noch zu helfen ist?«

»Das«, versetzte Lesa, »weiß ich nicht. Aber ich habe die Empfindung, daß wir einen Ausweg finden müßten. Ich lächle darüber, daß wir so schwerfällig sind und uns garnicht zu helfen wissen. Ich habe die Empfindung, daß ein Unbefangener dieses Turmproblem im Handumdrehen lösen kann. Ich glaube, daß mir gleich das Richtige einfällt. Und ich mußte lächeln, daß mir das Richtige noch nicht eingefallen ist.«

Die grünen Sterne im violetten Himmel funkelten recht lebhaft, und die Wolke oben leuchtete weiß wie ein Geisterauge.

Nax setzte sich in beweglicher Kugelform auf Lesas Schulter, klemmte seinen Körper wie einen kleinen Saugfuß fest an, ließ seine kleinen Augen sehen, brachte seinen Rüssel vor und sprach zwitschernd:

»Baut doch quer, sodaß Ihr erst zur Mitte des Nordtrichters hinkommt. Dann könnt Ihr da einen ganz dünnen Turm errichten. Und für den braucht Ihr nicht so viel Haut. Die Geschichte erscheint mir sehr einfach.«

Da lächelte der Lesa und sagte so, als wenn garnichts Besondres passiert sei:

»Siehst Du! Da hast Du das Richtige getroffen. Es war so einfach. Und ich muß abermals lächeln, daß wir alle nicht darauf gekommen sind. Natürlich gehts so. Und Du, kleiner Nax, sollst jetzt unten gefeiert werden. Deine Idee ist sehr einfach. Aber sie kam zur rechten Zeit. Wie oft können wir nicht zu der ganz einfachen Lösung kommen, weil wir zu sehr befangen sind von allen möglichen andern Dingen, die uns von der Lösung eines Problems zurückdrängen. Es geht uns mit den Problemen so wie mit unsrer mysteriösen Wolke – wir können nicht rankommen – und es erscheint uns alles so einfach, wenn wir uns doch dem Ziel nähern. Wir nähern uns dem

Ziel! Komm, Nax, an mein Halsband! Wir wollen hinunter und den müden Seelen neuen Mut einflößen. Neuen Mut hast Du uns gegeben. Der Gewaltige oben gab ihn uns durch Dich, kleiner Nax! Sei nicht zu stolz auf das, was Du sagtest.«

Der kleine Nax lachte, und dann stieß sich Lesabéndio zur Mitte zu ab. Und er flog dahin wie ein Pfeil und sauste langsam in großartiger Parabelkurve ganz lang gestreckt zur Tiefe.

Und als Lesa unten das sagte, was der Nax gesagt hatte, da erscholl ein großartiges Gelächter im Nordtrichter des Pallas. Diese Lösung des schwierigen Problems erschien Allen so einfach und selbstverständlich, daß man sich garnicht beruhigen konnte.

Sofanti sagte ganz erbittert:

»Ich glaube, daß uns die kolossale Arbeit ein wenig den Verstand verwirrt hat. Wir sind zweifellos etwas dumm geworden und sollten uns vor den edlen Quikkoïanern schämen. Die haben jetzt alle Veranlassung, sich über uns lustig zu machen. Ich finde das eigentlich beklagenswert.«

Aber der Nax rief da ganz laut:

»Das finde ich garnicht beklagenswert. Wir haben uns ein wenig nützlich gemacht. Und deswegen wollt Ihr uns ausschelten? Das ist nicht freundlich von den Pallasianern.«

Und der Kleine tat so, als wenn er wieder weinen müßte. Sein Schluchzen klang ganz fürchterlich.

Und viele Pallasianer kamen herbei und wollten den Kleinen beruhigen. Er aber schluchzte nur noch heftiger.

Da sagte der Lesa:

»Nax! Lach mal wieder!«

Da war der Kleine plötzlich still und sagte dann ganz leise:

»Ich weinte ja gar nicht. Ich tat bloß so. Ich muß doch immer Unsinn machen. Ich kann doch garnicht anders.«

Die Pallasianer waren entzückt über diese Worte des kleinen faustgroßen Quikkoïaners.

Vierzehntes Kapitel

Es wird zunächst die Verständigung durch drahtlose Telegraphie erörtert. Dann erzählt Nax vom Schlüsselstern und dessen Attraktionscentrum. Danach wird die Anziehungskraft drei Meilen über dem Pallas untersucht; und man bemerkt, daß sich die Centren verschoben haben – nach oben zu. Und so kann man drei Meilen lange Stahlstangengerüste ganz leicht durch Kranvorrichtung nach oben drehen, sodaß das nächste drei Meilen lange Stockwerk in kurzer Zeit fertig wird. Biba unterhält sich danach mit Lesabéndio über das Verhältnis des Saturnrings und ähnlicher Ringe zu dem Asteroïdenring. Biba bringt die Lichtwolke über dem Pallas mit diesen Ringsystemen in Zusammenhang, und man beschließt, oben die Wolke des Nachts durch Sofanti-Häute näher zu betrachten. Das geht aber vorläufig nicht.

Während des Turmbaus hatte man bald eingesehen, daß eine rasche Verständigung oft sehr nötig wurde. Und es genügten die verabredeten Signale nicht mehr. Man führte daher eine Art drahtloser Telegraphie ein, die aber nur bei den Bewohnern des Pallas möglich ist, die ihren Körper seiner elektrischen Eigenschaften wegen auch in eine Art Empfänger umbilden konnten; sie gaben dabei ihrer Kopfhaut eine Form, die aufgespannten Regenschirmen glich. Und mit der so gestellten Kopfhaut konnten sie die elektrischen Wellen auffangen. Dem Pallasianer fiel das garnicht schwer, da er ja von verschiedenen Stellen seines Körpers elektrisches Licht aufleuchten lassen konnte.

Naxens Idee war den Pallasianern natürlich auch auf dem eben beschriebenen Wege mitgeteilt worden. Drei kurz aufeinanderfolgende Explosionstöne machten die Pallasbewohner darauf aufmerksam, daß eine Neuigkeit, die alle interessieren mußte, mitzuteilen sei. Und wer dann wollte, konnte gleich darauf das Neue hören. Gedruckte Zeitungen oder photographierte Zeitungen gabs deshalb nicht. Auf dem Nordtrichter hatte man zehn Stationen errichtet, von denen aus elektrische Wellen ausgesandt werden konnten. Der Lautwert der einzelnen Zeichen war allen bekannt.

Oben auf dem Turm war während des Baus nur ein Explosionston das Alarmsignal.

Als sich nun Alle einverstanden damit erklärten, daß man das nächste Stockwerk nicht nach oben, sondern nach der Mitte richten mußte, da dachten natürlich alle Pallasianer sehr energisch über die Art nach, in der das am besten ausgeführt werden konnte. Die drei Explosionstöne waren immer wieder zu hören. Und alle saßen stundenlang oben im Nordtrichter mit aufgespannter Kopfhaut da und lauschten auf das, was den Andern einfiel. Und dabei kamen schließlich sehr viele zum Wort.

Und man beschloß ziemlich einstimmig, gleich drei Meilen lange Türme herzustellen. Diese sollten von den vierundvierzig errichteten einfach herunterhängend zusammengeschmiedet und, wenn sie fertig, durch Kranvorrichtung nach oben in die waagrechte Stellung hinaufgedreht werden.

Nun handelte sichs nur darum, darüber einig zu werden, wie man zum Schluß die Spitzen der neuen Türme miteinander verband.

Bombimba, einer von den jüngeren Pallasianern, war immer an Dexens Seite und half diesem in allen seinen Kaddimohnstahlarbeiten. Bombimba meinte Folgendes:

»Das Allerunbequemste ist bisher zweifellos die Schmiedearbeit hoch oben auf dem Turmgerüst gewesen. Wenn wir nun die vierundvierzig drei Meilen langen Turmstangen herstellen, während die Stangen runterhängen, so haben wir uns ein gut Teil unsrer Arbeit erleichtert. Jetzt fehlt uns nur noch, daß wir den Ring mit den vierundvierzig Ecken auch unten anfertigen können. Ich glaube aber, daß wir das können. Sind die vierundvierzig herunterhängenden Turmstangen von je drei Meilen Länge durch unsre Kranvorrichtungen hinaufzuwinden, so läßt sich der Ring mit den vierundvierzig Ecken ebenfalls mit Drahtseilen hinaufwinden. «

Dex fand die Idee sehr gut, wollte aber noch weiter darüber nachdenken. Währenddem kamen Lesa und Biba hinzu mit dem kleinen Nax, und die Fünf unterhielten sich hoch oben auf einem Nuse-Turm über das, was sie über den Turmbau gedacht hatten. Und während Dex umständlich seine Gewichtsberechnungen vorführte und erklärte, rief plötzlich der kleine Nax:

»Mir fällt etwas Wichtiges ein! Auf unserm Stern Quikko konnten wir mit unsern Quallenhautlinsen einmal auch einen kleinen Schüsselstern beobachten, auf dem wir eine ganz seltsame Geschichte sahen. Der Stern sah wie eine Schüssel aus. Im Innern der Schüssel lebten die kleinen Bewohner des Sterns. Da sahen wir, daß einige der kleinen Leute auf dem Rande der Schüssel herumkrochen, und plötzlich fielen sie nach außen alle hinunter in den Weltenraum. Wir bedauerten natürlich die kleinen Leute, konnten uns aber den Fall eigentlich nicht erklären. Da sahen wir denn, daß alle Gefallenen tief unter der Schüssel in der Atmosphäre plötzlich nicht tiefer sanken; sie schwebten wie Pendel immer nach verschiedenen Seiten hin und zurück. Und dann wurden vom Rande Taue ausgeworfen, die ganz grade zu den Gefallenen hinstrebten. Diese ergriffen die Tauenden und wurden an diesen wieder hinauf an den Rand gezogen.«

Nax schwieg und wackelte mit seinem kleinen Rüssel in der Luft herum, breitete zwei Flügel aus Pallassteinhaut in die Luft und schwebte um die Köpfe der vier Pallasianer herum. Biba lachte und sagte:

»Da hat der Kleine wieder mal eine erlösende Idee gehabt. Er wollte mit seiner Erzählung nur sagen, daß man niemals so recht weiß, von welcher Gegend man angezogen wird. Es wäre deshalb doch das Wichtigste, daß wir zunächst untersuchen, ob sich die Anziehungscentren auf dem Pallas durch unsern, jetzt schon drei Meilen hohen Turmbau nicht wesentlich verschoben haben. Vielleicht lassen sich die Türme viel leichter heben, als wir denken.«

Lesa reckte sich fünfzig Meter hoch empor und rief:

»Das müssen wir sofort untersuchen.«

Und so eilten die Fünf zur nächsten Funkenstation, ließen drei mächtige Schüsse ertönen und teilten den Pallasianern mit, daß zunächst oben die Attraktionstätigkeit des Pallas untersucht werden müßte.

Und ein paar Minuten später waren fast alle Pallasianer mit den flinken Seilbahnen auf den obersten Ring des Turmes gefahren. Da saßen sie nun und warteten, was Biba sagen würde. Und der sagte, daß sie zur Mitte hinspringen müßten. Und das geschah! Jeder sprang mit seiner ganzen Kraft. Und siehe da: alle schossen drei Meilen gradaus der Mitte zu, ohne zu sinken. Dann ging es erst langsam im langgestreckten Parabelbogen nach unten zu. Und der Flug der Pallasianer wurde immer langsamer, und Biba sah, daß sich das Attraktionscentrum tatsächlich verschoben hatte. Es ließ sich allerdings nicht feststellen, wo es eigentlich lag. Vor der Mitte bogen die ganz steif wie Stöcke durch die Luft Fahrenden langsam zur Seite und schwebten dann rückwärts und kamen so in den oberen Regionen des Kraters wieder zu ihrem Stern, ohne die Flügel zu gebrauchen.

Ein allgemeiner Jubel brach nun los. Denn jetzt war es klar, daß sich die drei Meilen langen Stahltürme ganz leicht hinaufwinden ließen.

Es wurde gleich ein solcher Turm gebaut, und das Hinaufwinden ging ganz leicht.

Lesabéndio weinte vor Freude.

Dex aber erklärte, daß er jetzt gleich unten an jedem Turm nach beiden Seiten rechtwinklig zwei starke Stangen anbringen möchte, sodaß man den Ring mit den vierundvierzig Ecken nicht extra zusammenzuschmieden brauchte.

Und in Jahresfrist war der drei Meilen lange schiefe Turm fertig. Man führte ihn nicht ganz horizontal – doch etwas schräg emporgehend, sodaß jetzt der ganze Turm fast vier Meilen hoch emporragte.

Eine allzu große Erschöpfung machte sich nach dieser verhältnismäßig leichten Arbeit nicht bemerkbar. Aber alle waren doch der Meinung, daß jetzt abermals eine große Pause eintreten müßte. Und dem konnte man nichts entgegenhalten. Und so kehrten viele Pallasianer in ihre alten Ateliers zurück und dachten darüber nach, wie sich nun das Weitere entwickeln würde.

Die jüngeren Pallasianer fuhren in großen Scharen zur Turmhöhe hinauf und machten dort Flugversuche. Leider mußten diese in der Nacht, wenn die Wolke alles finster machte, unterbleiben, da die Wolke nach wie vor unnahbar blieb und den oberen Teil des Turmgerüstes immer wieder knisternd und zuweilen auch Funken sprühend umspann.

Eines Tages saß Lesabéndio mit Biba ganz hoch oben auf dem zuletzt geschmiedeten Ring auf einer der vierundvierzig Verbindungsstangen. Beide blickten in die grüne Sternenwelt hinein und freuten sich über den dunkelvioletten Himmel und über die geheimnisvolle Lichtwolke hoch über ihnen.

»Grade hier in diesem Asteroïdenring, in dem wir leben«, sagte Biba, »ist von einer Gesetzmäßigkeit so wenig zu bemerken; wir sehen immer wieder neue seltsame Anziehungsverhältnisse in den einzelnen Asteroïden, und diese tun so, als nähmen sie garnicht weiter Notiz voneinander. Hier ein Gemeinsames entdecken – das wäre eine große Aufgabe.«

Lesabéndio sagte hastig:

»Du denkst immer wieder an die größeren Verhältnisse. Du hast immer gleich das ganze Sonnensystem mit allen Planeten im Auge. Wir haben aber doch Rätsel, die uns näher liegen.«

»Halt!« sagte da der Biba, »wir können den Pallas nicht so einfach loslösen, er gehört einem System an. Und in diesem System gehören wieder die Asteroïden zweifellos zusammen. Du darfst nicht das Ganze so leichthin aus dem Auge lassen, sonst wird Dir auch das Näherliegende immer rätselhafter werden. Findest Du nicht, daß wir viel zuwenig über die Attraktionskräfte auf unserm Stern nachdenken? Wir gewöhnen uns in dieser Beziehung zu leicht an die allergrößten Wunder. Früher fiel ein Stein, den wir durch unser Centralloch in der Mitte unsres Sternrumpfes warfen, fast immer durch und suchte erst im Südtrichter die Trichterwände zu erreichen. Wenn wir heute, wie ich es neulich mehrfach versuchte, einen Stein durchwerfen wollen, so fliegt er immer schon im Loch selber an die Wand, geht durch das Loch nicht mehr durch. Das ist doch seltsam.«

»Was hat das aber«, fragte Lesa, »mit den anderen Asteroïden zu tun? Ich denke, daß das mit dem Kaddimohnstahl hier auf unserm großen Turm zusammenhängt.«

»Oder mit der Wolke!« versetzte Biba.

Beide schwiegen eine Weile.

Dann fuhr Biba also fort:

»Wenn wir für dieses Rätsel eine Erklärung haben wollen, so müßten wir doch zusehen, ob sich nicht auf anderen Asteroïden Ähnliches ereignet. Wir bemerken, daß sich im Pallas ein Zusammenziehen von Rumpf- und Kopfsystem anbahnt. Der Kopf will zum Rumpf oder umgekehrt. Und so verändert sich das Centrum des ganzen Systems. Nun meine ich aber, daß sich zwischen den einzelnen Asteroïden etwas Ähnliches vorzubereiten beginnen könnte. Ich ahne so was. Du kennst den großen Planeten, den auch wir mit so vielen andern Planetenbewohnern Saturn nennen. Der Saturn hat ein ganz regelmäßiges und ganz intensiv zusammenhängendes Ringsystem, in dem Millionen kleiner Sterne zusammen dahinkreisen. Könnte der Asteroïdenring nicht auch das Bestreben haben, mal so innig zusammenzukommen? Kopf und Rumpf des Pallas wollen schon zusammenkommen. Ist das nicht ein Zeichen dafür, daß eigentlich alle Asteroïden zusammenkommen wollen? Sie ziehen momentan noch zu fern voneinander ihre Bahn. Der Stern Erde hat doch auch einen Ring von kleinen Sternen um sich – und an der Sonne sehen wir doch etwas Ähnliches. Wenn diese Sterne auch sehr klein sind – Pendants zum Saturnring bilden sie trotzdem. Nur würde der Asteroïdenring tausendmal größer werden als die andern Ringe. Diese sind aber zweifellos durch den willkürlichen Eigenwillen der größeren Planeten entstanden; Saturn und Erde und die meisten andern Planeten sind doch als ebensolche Sonnen zu betrachten wie unsre Centralsonne eine ist. Diese hat die andern Sonnen nur dadurch in ihre Nähe gebracht, daß sie ein übergroßes Maß von Lebensenergie entwickelte. Die zieht immer an – natürlich nicht so wie ein Stein von unsrer Trichterwand angezogen wird. Die Centralsonne hält auch gleichzeitig die andern Sonnen, die Planeten wurden, in respektvoller Entfernung, damit kein Zusammenstoß stattfindet. Das finden wir auch wieder bei den kleinen Planeten, die sich um die großen drehen und die wir Monde nennen. Der Größere hält immer die kleineren zurück. Aber diese kleineren können untereinander enger aneinander kommen, wie das die Saturn-, Erde- und Sonnen-Ringsysteme zeigen. Ein ähnliches Ringsystem müssen auch die Asteroïden bilden – sie können es wenigstens. Darum – werde nicht ungeduldig! –

müssen wir den Zusammenhang mit unserm Kopfsystem fördern – das heißt: wir müssen die Spinngewebewolke näher untersuchen.«

»Das war aber umständlich!« rief da der Lesa.

Biba aber fuhr fort:

»Unterschätze meine umständliche Rede nicht. Denke darüber nach. Wenn Du Dich einst mit dem Kopfsystem des Pallas als eines fühlen willst, so mußt Du auch wissen, was dieses Kopfsystem in erster Linie im Auge hat. Nicht nur mit dem Rumpfsystem will sich dieser seltsame Kopf inniger verbinden – auch mit den andern Asteroïden. Das ist meine Meinung.«

»Ich werde«, versetzte Lesa rasch, »sehr energisch darüber nachdenken. Ich danke Dir. Dein Blick ist weit – sehr weit – weiter als der meine. Ich sehe immer nur das Nächstliegende. Aber ich hoffe, daß ich bald anders werde. Jedenfalls wäre das Erste jetzt, daß wir durch Haut verdeckte Bandbahnen hier oben vier Meilen über unserm Sternrumpf herstellen.«

»Selbstverständlich«, versetzte Biba, »wäre das das Erste. Vergiß aber das Weitere nicht. Nun wollen wir zum Sofanti fahren, damit er uns die Bandbahnen hier oben mit Haut umhüllt. Durch diese Haut wollen wir dann das Spinngewebe beobachten.«

Beide fuhren zum Sofanti und die Bandbahnen wurden so hergestellt, daß die Pallasianer sich auch oben aufhalten konnten, wenn die Wolke von oben herunterkam und Nacht auf dem Pallas machte.

Aber als vier solcher Bahnen oben fertig waren, zeigte es sich, daß die Haut nicht durchsichtig genug war; man sah wohl die sehr beweglichen Spinngewebefäden – konnte aber die einzelnen Teile des Gewebes nicht deutlich erkennen. Man versuchte, das Gewebe durch Scheinwerfer zu durchleuchten. Aber das hatte gar keinen Zweck, da sich das Gewebe dem Licht gegenüber plötzlich ganz starr verhielt – als wenn es zusammenfror. Das Gewebe machte gar keinen interessanten Eindruck im elektrischen Licht; das Gewebe wurde leblos – während es unbeleuchtet an Bewegung nichts zu wünschen übrig ließ.

Nun verlangten alle von Sofanti, daß er ganz durchsichtige Häute herstellte. Das nahm aber sehr viel Zeit in Anspruch – so viel Zeit, daß Dex den Vorschlag machte, doch zunächst mal weiterzubauen. Sofanti sollte in seinen Experimenten nicht gestört werden.

Biba sagte:

»Daß das Gewebe nichts Lebloses ist, scheint mir ganz klar zu sein. Aber gespannt bin ich, wie es eigentlich lebt. Vielleicht – haben wir in diesem Gewebe lebendige Lebewesen des Pallaskopfes vor uns.«

Selbst Peka mußte zugeben, daß der Turm nicht umsonst gebaut wäre, wenn es möglich wurde, durch diesen Bau hinter das große Geheimnis der großen Lichtwolke zu gelangen.

Fünfzehntes Kapitel

Peka, Labu und Manesi sind in melancholischer Resignationsstimmung; sie klagen, daß ein Nutzbau alle künstlerischen Interessen verdrängt habe. Aber der Turm bekommt abermals ein neues Stockwerk, das ganze Werk ist jetzt fünf Meilen hoch, und der oberste Ring hat nur noch einen Durchmesser von sechs Meilen. Und nun entdeckt man, daß die Lichtwolke aus unzähligen Lebewesen mit kleinen Köpfen besteht. Man will sich diesen mit Hilfe der Quikkoïaner verständlich machen. Aber das mißlingt. Dex will darum nicht mehr weiterbauen. Aber Sofanti erklärt, daß er das genügende Hautmaterial hergestellt habe, und da wird Dex so weit umgestimmt, daß er sich Bedenkzeit ausbittet.

Eines Tages saßen nun Peka, Labu und Manesi auf dem obersten Rande des kleinen Modellturms nicht weit ab vom Centralpunkt des Pallasrumpfes. Die Drei saßen da und rauchten ihr Blasenkraut und blickten nach oben. Sie hatten ihren Unterkörper mehrmals schraubenförmig um den Kaddimohnstahl gewickelt und lehnten den Oberkörper gegen den Unterkörper; ihre braune Molluskenhaut mit den gelben Flecken glänzte im Lichte der Spinngewebewolke. So saßen sie da, rauchten und schwiegen und sahen nach oben in das große neue Turmgerüst hinein.

»Sehr heiter sind wir nicht!« meinte Labu nach einiger Zeit.

Und dazu sagte nach einer guten Weile der Peka:

»Dazu haben wir auch wahrhaftig nicht die geringste Veranlassung.«

Alle Drei rauchten heftig, daß viele tausend Blasen – auch ziemlich große – langsam emporstiegen und in vielen Farben opalisierten wie Seifenblasen auf dem Erdstern.

Manesi sagte dann:

»Ich hätte eigentlich keinen rechten Grund zur Klage. Das Gerüst da oben künstlerisch zu beleben, wäre ja eine natürliche Aufgabe für mich. Da lassen sich überall an großen Drahtseilen Guirlanden anbringen; die Stoffe für das Wurzelwerk der Pflanzen ließen sich wohl in hängenden Schalen einpflanzen. Alles würde wohl möglich sein. Das Gerüst könnte da oben mal zu einem prächtigen Blumenstück gemacht werden. Aber – wann soll das geschehen? Vorläufig ist doch noch lange nicht daran zu denken. Zunächst hat da oben immer nur der liebe Dex das beherrschende Wort, und er will immer die größere Höhe erreichen, um da das Rätsel unsres Lebens zu lösen. Und wenn der Stahlturm fertig ist, so hat Sofanti mit seinen Steinhäuten alle Hände voll zu tun. Und an mich wird man noch lange nicht denken. Vor mir kommt auch noch der Nuse mit seinen Laternenkünsten, die auch so viel Zeit in Anspruch nehmen dürften, daß das, was ich durchsetzen könnte, garnicht bemerkt werden kann. Sollen da oben tausend Schlinggewächse durcheinander wachsen, so ist dazu so viel Arbeit nötig, daß ich nicht mehr zu glauben vermag, ich könnte das jemals erleben.«

»Ich aber«, rief Peka heftig, »bin fast ganz und gar überflüssig. Aus den Drahttürmen kann ich keine kompakten Steingebilde machen.«

»Das würde«, versetzte Labu, »uns auch die Aussicht nehmen. Ich bin sogar der Meinung, daß Schlinggewächse da oben garnicht möglich sind; sie würden uns doch das Licht der Wolke oben verdecken – wir hätten dann keinen ordentlichen Tag mehr auf dem Pallas.«

»Was aus der Wolke oben wird«, sagte Manesi müde, »wissen wir auch nicht. Ich glaube nicht, daß der Turm so einfach durch die Wolke durchzustechen ist.«

»Die rein künstlerischen Dinge«, sagte Labu, »werden auf dem Pallas nicht mehr geschätzt. Was ich in runden und unregelmäßig gebogenen Formen an dem Gerüst anbringen möchte, das will der Dex nicht haben. Er behauptet, daß er die Tragkraft des Gerüstes nicht so groß machen könnte, um die plastische Ausgestaltung der Stangenverbindungen zu gestatten – so groß sci die Menge des Kaddimohnstahls nicht, hat er mir oft genug gesagt. Ich glaube sogar, daß der Dex die Belastung durch Schlingpflanzen auch nicht für möglich hält.«

»Wir sind«, sagte Peka traurig, »auf dem Pallas sehr überflüssig. Wir können unsre künstlerischen Pläne nicht wirkungsvoll zur Ausführung bringen. Was wir in den Wänden des Nordtrichters anbringen könnten, würde immer verschwindend und wirkungslos bleiben. Der Nutzbau hat den Kunstbau verdrängt. Die wissenschaftliche Neugier ist mächtiger gewesen als die künstlerische Schöpferkraft. Ich glaube nicht, daß ich das lange überleben werde. Meine Pläne kommen ins Museum für veraltete Kunstphantasie. Meine Gedankenwelt löst sich langsam auf, da ich nicht mehr daran glauben kann, daß ich jemals nennenswerte Formänderung im Pallas durchsetzen könnte.«

Wieder schwiegen die Drei, und ihre Rauchblasen stiegen langsam zum hohen Turmgerüst empor und funkelten oben im blendenden Licht der Spinngewebewolke.

Und von vier Türmen aus rollten nun hoch oben drei Meilen lange Stangen zur Mitte zu; Dex führte die nächste Etage zur Wolke empor.

Die Arbeit nahm dieses Mal lange nicht soviel Zeit in Anspruch, wie man geglaubt hatte. Und bald stand auch das fünfte Stockwerk hoch oben unter einem Winkel von fünfundvierzig Grad. Jede der vierundvierzig Stangen hatte ganz unten rechts und links wieder im rechten Winkel zwei kürzere Stangen gehabt, die sich oben, nachdem alle Stangen hinausgedreht waren, aneinanderschlossen und so abermals einen Ring mit vierundvierzig Ecken bildeten. Dieser Ring war garnicht mehr groß zu nennen; er hatte einen Durchmesser von sechs Meilen, sodaß man leicht von einer Seite zur andern fliegen konnte. Das ließ sich natürlich nur am Tage durchsetzen. Nachts ging die Spinngewebewolke ganz tief hinunter bis in die Mitte des dritten Stockwerks.

Im Ganzen hatte man jetzt eine Höhe von fünf Meilen erreicht. Die Hälfte des Turms war vollendet. Alle glaubten, daß jetzt die Hauptarbeit getan sei. Und es entstand eine sehr freudige Stimmung, die nur von Peka, Labu, Manesi und ihren Anhängern nicht geteilt wurde; die waren trauriger als je, und das bedrückte die Andern.

Währenddem aber hatte es Sofanti glücklich fertig gebracht, ganz durchsichtige Hautstücke herzustellen. Doch viel von diesen ganz durchsichtigen Hautstücken existierte noch nicht. Immerhin – das Wenige genügte ja zu Beobachtungszwecken. Und so wurden durchsichtige Hautstücke in den Bandbahnbedachungen des obersten Ringes untergebracht – und die Beobachtung der Spinngewebewolke konnte beginnen.

Es hatten an den Beobachtungsstellen nur zwanzig Pallasianer Platz. Und die sahen nun bei Anbruch der nächsten Nacht mit teleskopisch vergrößerten Augen durch die kleinen Hautfenster in die dunkle Spinngewebewolke hinein und ließen Scheinwerfer durch die Wolke durchgehen. Das Gewebe wurde wieder leblos und starr wie bei der ersten Beobachtung. Man zog daher die Scheinwerfer zurück und versuchte, im Dunkeln etwas zu erkennen. Da sah man aber garnichts. Danach machte man in der Beobachtungsstation ganz vorsichtig etwas Licht und verstärkte das Licht allmählich.

Und da sah man plötzlich ganz kleine, winzig kleine Köpfchen in der Wolke – Köpfchen mit ganz spitzen, dunkelvioletten Stielaugen.

»Jetzt wissen wir genug!« rief der Biba. Und man sah auf allen vier Stationen, von denen aus beobachtet wurde, die winzig kleinen Köpfchen mit den dunkelvioletten Stielaugen.

Die Beobachter verständigten sich rasch drahtlos, daß sie unten zusammenkommen wollten. Und auf den Bandbahnen fuhren sie hinunter zum ersten Stockwerk. Auf der Spitze jenes Turms, den Nuse zuerst eine Meile hoch erbaute, versammelten sich die Zwanzig, um die große Entdeckung zu besprechen.

»Wir haben also«, sagte Biba, »endlich entdeckt, daß unsre große Wolke keine leblose Masse ist. Es ist von uns endlich festgestellt, daß wir hier ganz feine Lebewesen vor uns haben, von denen wir vielleicht sehr viel lernen können. Indessen – daß diese Wolke zur Tageszeit leuchtet, das ist nach meiner Meinung nicht abhängig von diesen zarten Wesen; dieses Leuchten wird wohl nur durch die Nähe des kometarischen Lichtes im Kopfsystem unsres Sterns erzeugt. Wie das allerdings erzeugt wird, das wissen wir nicht – wissen wir nicht – wie so viele andre Dinge. Wir leben in einer sehr rätselvollen Welt. Aber wir brauchen nicht ungeduldig zu werden, daß uns diese Welt so viele Rätsel aufgibt. Würden wir zu viele dieser Rätsel auf einmal lösen, so könnten wir ganz bestimmt diese Fülle der neuen Erscheinungen nicht ertragen. Wir haben schon an dem, was wir erleben, reichlich genug. Wenn wir nicht so trockene Naturen wären, könnten wir das Erlebte ganz bestimmt nicht überleben. Die Veränderung der Lage des Attraktionscentrums ist schon wunderbar genug. Die feinen Spinngewebefäden mit den winzig kleinen Köpfen und deren dunkelviolette Stielaugen sind noch wunderbarer als alles Bisherige. Wir haben jedenfalls den Bau unsres Turms nicht zu bedauern. Er hat uns in eine neue höhere Atmosphäre gebracht. Jetzt wollen wir zusehen, was wir von den kleinen Köpfen mit den dunkelvioletten Stielaugen erfahren können; vielleicht sind sie klüger als wir alle zusammen. Wundern würde ich mich auch darüber nicht.«

»Das Gewaltigste«, rief da der Lesabéndio, »muß aber jedenfalls das Kometensystem hoch oben über uns sein. Von dem können wir bestimmt noch mehr erfahren als von den kleinen Köpfchen mit den Stielaugen.«

»Das geht aber nicht«, sagte da der Dex, »der Lesa hat keine Ruhe mehr. Er will immer nur, daß wir weiterbauen. Und wir haben doch zunächst einmal ein Resultat erzielt. Damit müssen wir uns doch erst abfinden. Lesa hat eine Unruhe in sich, die uns ganz heftig machen könnte.«

»Verzeiht! Verzeiht!« rief da der Lesa.

Und nun wurden zuerst die Stationen für die Fernschalter in Bewegung gesetzt. Dumpf knallten die Explosionstöne durch die Nacht, und alle Pallasianer richteten ihre Kopfhaut den Stationen zu und hörten nun, was man entdeckt hatte.

Und darauf flogen alle Pallasianer wild durch den Nordtrichter – und dann zum Turm hinauf. Alle wollten die Kleinen sehen. Und – man sprach sehr eifrig darüber, wie man sich wohl mit den Kleinen verständigen könnte. Und man dachte natürlich gleich daran, den Quikkoïanern den Auftrag zu geben, ein paar Verständigungsmanöver einzuleiten. Nax mit den Seinen war selbstverständlich gern bereit, erklärte aber gleich, daß er die Ahnung habe, hier vor unmöglich lösbare Aufgaben gestellt zu sein.

Doch man begann: Nax ließ sich in einer Hautblase tief in die Wolke hineinstecken; die Hautblase war durchsichtig und durch einen langen, durch Draht versteiften Schlauch mit der durch Häute geschützten Beobachtungsstation verbunden – Nax konnte durch den Schlauch leicht zurückkommen, wenn die durchsichtige Hautblase, die ziemlich groß für Naxens faustgroßen Körper war, verletzt werden sollte.

Die Hautblase, in der sich Nax befand, war ebenfalls durch feinen Draht versteift.

Nax veränderte nun seinen Körper, machte ihn fadenförmig, gab sich einen ganz kleinen Kopf und zwei lange Stielaugen, und diese ließ er elektrisch aufleuchten. Auf der Beobachtungsstation war alles dunkel. Und dort sah man jetzt erst den kleinen Nax im Lichte seiner Stielaugen, die blaßrot leuchteten. Die kleinen Köpfe aus der Wolke kamen jetzt zu Hunderten näher, und die kleinen dunkelvioletten Stielaugen der Wolkenwesen legten sich vorsichtig an die Wände der Hautblase. Und nun veränderte der kleine Nax seinen Körper, machte ihn spiralförmig, er drehte sogar das eine Auge, daß es spiralförmig aussah. Die kleinen Köpfe außerhalb der Blase flogen hin und her und schienen sich lebhaft zu unterhalten. Aber es währte nicht lange – dann verschwanden sie plötzlich allesamt und ließen sich nicht mehr sehen.

Nax konnte nun in seiner Blase hinkommen, wohin er wollte – die kleinen Köpfe blieben unsichtbar – nur das Spinngewebe schien in ängstlicher Bewegung, wenn der Quikkoïaner näher kam. Und dann zog sich auch das Spinngewebe zurück. Und man sah garnichts.

Die Experimente wurden fünf Nächte hindurch immer wieder mit neuen Blasen fortgesetzt – und immer wieder erfolglos.

Da sagten die Pallasianer allesamt:

»Wir müssen es aufgeben! die Kleinen sind viel zu scheu.«

Und man gab es auf.

Lesabéndio sagte zum Dex:

»Du nennst mich so unruhig. Und ich glaube doch, daß es das Beste ist, wenn wir mit dem Bau des Turms fortfahren. Das Wichtigste erfahren wir doch erst da oben. Und wenn wir schon die Hälfte des Turms gebaut haben, so können wir doch jetzt nicht mehr aufhören. Daß wir uns der Spinngewebewolke nicht weiter nähern können, zeigt doch, daß wir weiterbauen sollen.«

»Das sagst Du alles so ruhig!« rief der Dex, »aber ich habe die größte Arbeit zu leisten. Und ich muß gestehen, daß ich beinahe müde werde.«

»So warten wir, bis Du wieder frisch bist!« sagte der Lesa.

Und dann kam der Biba und tröstete den Dex.

Dex aber sagte schließlich:

»Es kommt mir doch beinahe seltsam vor, daß wir uns eine riesige Arbeit aufladen, ohne eigentlich zu wissen, warum wir das tun. Anfänglich wollten wir unsern Stern künstlerisch ausbilden – Rhythmik in Flächen und Räume hineinbringen. Und dann kam plötzlich der Lesa vom Stern Quikko und erzählte uns, daß wir über unsrer Lichtwolke ganz sicher ein Kopfsystem unsres Sterns hätten. Die Quikkoïaner bestätigten Lesas Erzählung. Und wir waren plötzlich alle so für dieses kometarische Kopfsystem begeistert, daß wir den Turm bauten. Aber zufrieden sind wir jetzt trotzdem alle nicht mehr mit dem Bau. Wir wissen ja jetzt, daß unsre Lichtwolke aus lebendigen Wesen besteht. Die fliehen uns aber. Was haben wir also von unsrer neuen Erkenntnis? Wird es uns nicht ebenso gehen, wenn wir oben das Kopfsystem von Angesicht zu Angesicht sehen? Wir wissen noch nicht einmal, ob in diesem kometarischen Kopfsystem irgendetwas enthalten ist, was unsrer Kopfform entspricht. Können wir hoffen, daß wir da oben weiterkommen, wenn wir bis da hinaufgelangen? Man bestürmt mich von allen Seiten, daß ich doch mit dem Turmbau aufhören möchte. Man will wieder künstlerische Pläne versuchen. Peka, Labu und Manesi tun mir leid. Man will im Allgemeinen nicht mehr mit. Und ich kann doch allein die Widerstrebenden nicht mitreißen – zumal ich garnicht mehr weiß, warum wir weiterbauen wollen.«

Nun kam auch Sofanti zu den Dreien und erzählte, daß er jetzt endlich so viel Haut habe, um einen vier Meilen hohen Turm zu umhüllen, wenn er im Durchmesser nicht stärker als eine halbe Meile sei.

Dex schwieg.

Doch als die drei Andern immer dringlicher wurden, bat er einfach um Bedenkzeit.

Biba meinte:

»Wir wollen nicht verzagen; Dex wird sich schon klarmachen, daß jetzt ein Zurücktreten von unserm großen Plane, nachdem wir so weit gekommen sind, eigentlich ganz widersinnig ist.«

Lesa und Sofanti waren bald derselben Meinung.

Sechzehntes Kapitel

Biba spricht wieder mit Lesa über die Lichtwolke. Als diese runterkommt, entsteht auf allen Bergspitzen des Nordtrichterrandes ein großes Phosphoreszieren, wodurch die Pallasianer fast sämtlich nach oben gelockt werden. Manesi und Labu wollen dann eine riesige Blumenampel ins Attraktionscentrum hängen, ohne den Turm zu belasten. Das geschieht. Und der Turm wird zu einem Lichtfestturm. Ein Komet kommt vorbei und erhellt die Spinngewebewolke in der Nacht – so wie die Wolke am Tage vom Kopfsystem des Pallas erleuchtet wird. Dieser wunderbare Zusammenhang führt den Dex zum Weiterbau des Turms. Nax bekommt Heimweh und möchte auch zur Erde. Biba erzählt ihm etwas Wichtiges vom Jupiter.

Drei Tage später saßen Biba und Lesa am Fuße eines Nuse-Turms oben am Nordtrichterrande auf einem der glatt polierten rechteckigen Felsblöcke, die Peka dort hingebracht hatte, um Haut darauf wachsen zu lassen.

Die Saugfüße der beiden Pallasianer saßen fest auf dem glatten Stein, sodaß sich ihre Körper leicht nach vorn und rückwärts biegen konnten; taten sie das Erstere, so blickten sie hinab in das gigantische Schluchtenreich des Nordtrichters, bogen sie den Kopf zurück und nach oben, so konnten sie zum großen Turm hinauf blicken. Die Lichtwolke wurde oben fleckig; sie mußte bald hinunterkommen.

Und Biba sagte langsam:

»Man kann dem Dex das Zögern nicht übelnehmen. Eigentlich ist ja der Turm nur ein großes Sprungbrett für Lesabéndio. Für Dich, lieber Lesa, wird der ganze Turm gebaut. Du willst oben in das Kopfsystem des Pallas – mit ihm eins werden. Du willst nicht in einem anderen Pallasianer mal aufgehen. Du willst oben in dem großen Kometensystem aufgehen – willst selbst ein Komet werden.«

»Will ich das?« fragte Lesa leise.

Biba nickte und tausend Falten zuckten glitzernd über sein Gesicht.

Und da kam die Lichtwolke herunter und wurde dunkel, gleichzeitig aber bekamen alle Bergspitzen des Nordtrichterrandes einen phosphoreszierenden Glanz – und Funken spritzten von den höchsten Bergspitzen ab. Und das währte eine gute Weile, sodaß es alle Pallasianer sahen und in Scharen hinaufkamen zum großen Turm.

Das neue Wunder wurde eifrigst besprochen. Und man dachte lange nicht an den Schlaf auf den Pilzwiesen.

Natürlich brachte man die seltsame Erscheinung mit den kleinen Köpfchen in der Lichtwolke zusammen. Zu diesen gehörten zweifellos sehr lange, ganz feine Fadenkörper, deren Struktur allerdings nicht weiter erforscht werden konnte. Aber dieses Aufleuchten der Bergspitzen hielt man doch für eine Antwort der scheuen Wolkenwesen; diese Antwort konnte allerdings Niemand enträtseln.

Doch die Folge dieser Antwort war, daß jetzt alle Pallasianer nur noch auf dem großen Turm leben wollten. Im Südtrichter sah man schon seit langer Zeit sehr selten einen Pallasbewohner, auch im unteren Teile des Nordtrichters ließ sich selten einer sehen. Nur wenn alle schlafen wollten, kamen die Pallasianer zu den Pilzwiesen hinunter, die unten im Nordtrichter und im Südtrichter lagen. Selbst die Sofanti-Musik im Centralloch wurde vernachlässigt. Man mußte sogar oben auf den Nuse-Türmen neue Scheinwerferuhren anbringen, da die tiefer gelegenen von oben aus nicht ordentlich gesehen werden konnten.

»Das Interesse für den Lesa-Turm wird wieder größer werden!« sagte der Biba.

Und der Lesa nickte dazu und wurde sehr ernst, er sagte traurig:

»Ob ich nicht zuviel will? Du hattest vorhin meine innersten Gedanken erraten. Ja – ich will so, wie Du sagtest. Ich will ein Komet werden. Aber – so darf man wohl nicht sagen. Eins mit ihm werden – mit dem großen Lenker unsres Lebens! Aber – ist das nicht zuviel? Ich weiß nicht, ob es möglich ist.«

»Für mich«, sagte Biba rasch, »wärs zuviel. Doch ich möchte, daß Du das ausführen könntest – was ich nicht kann. Der Kühnste empfindet doch immer das größte Glück. Das vergiß nicht. Der Klügste ist nicht so leicht zum größten Glücksempfinden hinzuleiten; er ist kleinlich und bedenklich. Du aber sollst keine Bedenken in Dir aufkommen lassen.«

»Du schickst den Dummen voran!« sagte Lesa leise.

»Den Kühnen, lieber Lesa, will ich voranschicken. Ich habe nicht gesagt, daß der Kühne dumm sein muß. Daß er nicht der Klügste zu sein braucht, das wollte ich allerdings feststellen. Das darf Dich also nicht kränken.«

»Tuts auch nicht«, erwiderte der Lesa, »sehr klug erscheine ich mir selber nicht. Ich werde getrieben – von unbekannten Mächten – immerzu gradaus – zur Höhe empor. Und deswegen mußt Du Alles daransetzen, daß die Pallasianer das Leben oben auf dem Turm immer mehr schätzen lernen. Dex wird umgestimmt, wenn er sieht, daß alle sich oben sehr wohl fühlen – und wohl auch höher möchten.«

»Gut! gut!« erwiderte Biba, »ich habe schon das Meinige getan. Ich habe ein Büchlein über den Flügelwert der Pallasianer photographieren lassen. Außerdem ließ ich auch etwas über die grandiosen künstlerischen Perspektiven, die sich vom Turm aus eröffnen, photographieren. Der kleine Nax macht ein Flugblättchen über die kometarische Geschwindigkeit unsrer Seilbahnen oben auf dem Gerüst. Jeder Turm ist ja jetzt neun Meilen lang im Ganzen. Die Schiefe der Türme gibt auch einen famosen Blick nach oben und nach unten und in den Sternhimmel hinein. Die langsameren Bandbahnen zu benutzen, ist oben am Tage doch ein Genuß künstlerischer Art. Die Pallasianer werden schon wieder Vertrauen zum Turmbau bekommen.«

»Ich danke Dir!« sagte Lesa weich.

Biba jedoch fuhr eifrig fort:

»Ich habe den Dex auch darauf aufmerksam gemacht, daß die langen Stangen für das nächste Stockwerk am besten auf Rädern weitergeführt werden, die oben auf den schon festgemachten Turmstangen laufen. Radsysteme haben wir eigentlich nur in den Rollen der Bandbahnen. Die Räder sollten wir beim Bau noch öfters verwenden. Ich wundre mich sehr, daß wir das noch nicht getan haben. Immer wieder sehe ich, daß die Klügsten so häufig das Nächstliegende nicht sehen und sich alles schwieriger machen, als nötig ist. Ich fange an, die Klugen zu bemitleiden.«

»Das dachte ich auch schon sehr oft!« sagte der Lesa.

Und dann fuhren die Beiden rasch nach oben, allwo so viele Pallasianer in der Luft herumflogen, daß Biba lächeln mußte.

»Wie schnell bei uns ein kleines Büchlein wirkt!« rief er laut aus. Die Lichtwolke schien ganz hell, und Manesi mit Labu hatten Bibas Ausruf gehört, sie kamen herbei und fächelten lebhaft mit ihrer Kopfhaut.

»Ist es nicht seltsam«, rief der Manesi, »daß wir noch nichts im Attraktionscentrum angebracht haben?«

»Was sollen wir denn da anbringen?« fragte plötzlich lachend der Lesa.

»Da hängt doch«, sagte Labu, »eine ganz schwere Last – so gut wie von selbst. Der Pallasianer sinkt nicht, wenn er in der Mitte fliegt. Folglich sinkt auch eine schwere Last nicht, die an Seilen hängt.«

»Ich merke was!« rief Biba, »Ihr wollt wohl Manesi-Pflanzen in die Mitte hängen, nicht wahr?«

»Wir wollen«, sagte Manesi, »das Gerüst nicht belasten und trotzdem da in die Mitte was hineinhängen. Labu und ich – wir haben doch noch nichts am Turm anbringen können. Wir möchten eine Blumenampel in die Mitte hängen. Labu will die Ampel machen in großen knolligen und in bogenartig aufgebauschten Formen – mit Kugeln und Henkeln – Trauben und Schalen. Ihr wißt ja – so wie es Labu gern möchte. Wie groß die Ampel werden soll – müssen wir natürlich vorher ausprobieren. Wir nehmen die Seile aus dem Südtrichter. Und die Magnete können wir wohl auch in der Ampel anbringen. Das kann eine halb schwebende Insel werden. Die Blumen in Guirlandenform und die Stoffe für die Wurzelnahrung besorge ich. Seid Ihr einverstanden?«

»Selbstverständlich!« rief der Biba, und der Lesa sagte das auch. Und kurze Zeit darauf waren alle Pallasianer mit der Manesi-Labu-Ampel einverstanden.

Und man konnte ihr einen Durchmesser von dreihundert Metern geben. Soviel blieb im Attraktionscentrum schwebend, ohne den Turm erheblich zu belasten. Dex sagte zu Biba, nachdem er alles berechnet hatte:

»Eigentlich könnte die Ampel noch dreimal so schwer sein. Aber ich will sicher gehen. Jetzt können wenigstens die Guirlanden ruhig weiter wachsen an den Seilen.«

An acht Seilen wurde die Ampel befestigt. Und die Pallasianer umschwebten alle diese schwebende Insel. Und viele Pallasianer saßen auf dem Rande der Ampel und unter dem Rande in den trefflichen plastischen Arbeiten des Labu. In der Mitte der Ampel oben wurde eine kleine Pilzwiese angelegt, auf der immer nachts ein paar hundert Pallasianer schlafen konnten. Sie priesen dann immer die Morgenstimmung mit so großer Begeisterung, daß die Ampel schließlich ein Mittelpunkt für das ganze gesellige Leben auf dem Pallas wurde – Scheinwerfer brachte man ebenfalls am Ampelrande an. Und die Magnetsteine wurden für ein paar Seilbahnen verwertet, die direkt zum obersten Stockwerk hinaufführten.

Ringsum im ganzen Turm brachte man Lampions an, die aus durchsichtigen bunten Sofanti-Häuten hergestellt waren; Glas verwendete man nicht – seiner Schwere wegen.

Und so wurde der ganze Turm mit all den leuchtenden Nuse-Türmen zusammen ein einziger großer Lichtturm.

Und der Nachtbeginn, wenn die Bergspitzen unten phosphoreszierend aufglänzten, wirkte immer berauschender.

Nun gabs allabendlich stets ein großes Lichtfest, und man kam vom Turm nur noch herunter, wenn mans nötig hatte, unten auf den Pilzwiesen zu schlafen.

Auf der Ampelwiese schliefen in jeder Nacht andere Pallasianer, sodaß bald alle mal da oben geschlafen hatten.

Es hatte somit den Anschein, daß ein Weiterbau des großen Turms jetzt weiter keine Schwierigkeiten haben könnte. Und Dex wurde besonders von Sofanti und Nuse bestürmt, doch nicht weiter zu zögern.

Dex aber hielt sich trotz allem zurück und wollte nicht mit der Sprache heraus.

Da trat ein Ereignis ein, das der Gedankenrichtung der Pallasianer plötzlich eine ganz andere Wendung gab: ein großer Komet erschien und schwebte ganz dicht neben dem Pallas vorüber. Und dabei geschah etwas Ungeheuerliches: als die Lichtwolke eines Nachts herunterkam – wurde sie nicht dunkel wie sonst; das Kometenlicht machte die Wolke auf der einen Seite fast genauso hell wie am Tage, wenn die Wolke oben hing.

Hieraus ging für alle Pallasianer deutlich hervor, daß oben über der Wolke nur ein Komet das große Licht spenden könnte – ein gefesselter Komet.

Da wurde der Dex von so vielen Pallasianern zum Weiterbau des Turms aufgefordert, daß er sich beim besten Willen nicht weiter weigern konnte.

Und so beschloß der Dex, das nächste Stockwerk – und zwar nochmals gleich drei Meilen lang – unter einem Winkel von fünfundfünfzig Grad herzustellen.

Lesa war sehr glücklich; er war immer mit Biba zusammen, und die Beiden sprachen nur von dem großen Kometen hoch über ihnen, und von dem, der am Pallas vorbeizog zur Sonne hin.

Biba sprach immer wieder von der Sonne und von dem großen Ring, den die Asteroïden zusammen bilden müßten – entsprechend dem Saturn-Ring.

»Es ist Deine Aufgabe«, sagte er zum Lesa, »die Asteroïden zusammenzubringen; sie müssen zusammen wie eine einzige Masse wirken – mindestens müssen sie so einig untereinander sein wie die Pallasianer auf dem Pallas.«

»Du vergißt den Peka«, versetzte Lesa, »wir sind doch eigentlich noch nicht so einig. Und außerdem sollten wir nicht so übergroße Pläne haben.«

»Irrtümlich scheint mir das«, fuhr Biba fort, »bist Du einmal so kühn gewesen, daß Du Dich mit dem Kopfkometen des Pallas verbunden hast, so kannst Du auch dieses Kopfsystem gedanklich beeinflussen. Möglich ist es ja, daß Du oben ganz untergehst in dem Großen. Dann würdest Du Dein Persönlichkeitsbewußtsein vollkommen verlieren. Dann wäre vielleicht für Dich alles aus. Aber es ist doch auch möglich, daß Du da oben selbständig bleibst. Und dann kannst Du doch das ganze Asteroïdenheer zusammenbringen wollen. Ein derartiges Zusammenleben mit einem gefesselten Kometensystem muß doch in Dir eine riesig große Kraft entfalten.«

»Zu groß«, sagte Lesa, »erscheint mir das noch. An solche Gedankengänge bin ich noch nicht gewöhnt. Du weißt, was ich stets von der Ergebenheit dem großen Unbekannten gegenüber gesagt habe. Ich muß bei dem, was ich darüber sagte, bleiben. Ich kann davon nicht abkommen – so schnell wenigstens nicht. Dränge mich nicht.«

Biba lächelte und schwieg.

Da äußerte Nax zu Biba und Lesa, daß er Heimweh hätte.

»Du darfst nicht fort«, sagte Biba, »wir werden Dich oben beim Bau noch öfters gebrauchen.«

Da sagte der kleine Nax lustig:

»Meinetwegen bleib ich auch noch hier. Aber Ihr müßt mir versprechen, mich später mit einem Pallasianer zum Stern Erde zu senden. Ich habe neulich ein Buch gefunden, in dem wird erzählt, die Erdianer könnten garnicht von der tollen Idee abkommen, daß sich die Sterne gegenseitig so anziehen, wie die Sterne ihre Oberflächenstücke anziehen. Das finde ich so schnurrig. Und deshalb möchte ich die Erdianer, die ja die drolligsten Lebewesen unsres Sonnensystem zu sein scheinen, doch mal kennen lernen. Dann kann ich doch wieder mal tüchtig lachen. Ihr seid mir zu ernst.«

»Lieber Nax«, sagte da der Biba, »wenn einer von uns mal zur Erde hinwollte, sollst Du mitkommen. Aber so köstlich erscheint mir das Lächerliche dort nicht zu sein. Andrerseits finde ich, daß die Idee der Erdianer, wenn sie auch falsch ist, so unnatürlich garnicht genannt werden kann. Der Einfluß des Sterns, den die Erdianer Jupiter nennen, auf die Sonnenfleckenperiode der Sonne ist doch nicht zu leugnen. Fast zwölf Erdjahre ist diese Periode lang – in derselben Zeit umwandelt der Jupiter die Sonne. Beziehungen zwischen den Sternen sind also da.«

Nax rieb sich seinen kleinen Rüssel und sagte:

»Bei Euch muß man also auch das Lächerliche sehr ernst nehmen.«

Siebzehntes Kapitel

Dex wird mit den Pallasianern bei der Turmarbeit vorgeführt, die nur noch eine gedankliche Arbeit, keine handliche ist. Peka wird müde, sein Körper wird stellenweise durchsichtig, und er will sich in Lesabéndio auflösen, sagt das dem Bombimba, der den Lesa holt. Peka sieht, daß er nicht so tatkräftig wie der Lesa war und somit diesem weichen mußte. Sie nähern sich geistig einander, obschon sie im Leben immer einander widerstrebten. Pekas Auflösung in Lesa verändert diesen sehr, gibt ihm mehr Ruhe, worüber sich Biba sehr freut. Dex vollendet das nächste Stockwerk, und der Turm ragt jetzt fast sieben Meilen hoch zum Kopf System empor.

Nun war der Dex wieder mitten in seiner Arbeit. Und die meisten Pallasianer halfen ihm, wo sie konnten. Die Maschinen, die den Kaddimohnstahl aus dem Pallasrumpf herauszogen, stampften wieder und ächzten. Und die großen Schmiedehammer dröhnten wie alte Metallglocken. Alles ging durch elektrische Kraft, kein Dampf war zu sehen – die Stoffe auf dem Pallas lassen sich nur sehr schwer in die Dampfform umsetzen; es ist sogar so schwer, daß es die Pallasianer gänzlich aufgegeben, da ein unmittelbarer Nutzen aus der Dampfform nicht zu ziehen ist. Auch das Flüssigmachen der Stoffe ist, wie schon öfters erwähnt, außerordentlich schwer. Flüssigkeiten werden nur zu Heilzwecken verwandt, müssen also gelegentlich hergestellt werden. Das geschieht aber nur in Labus Atelier mit Hilfe der kompliziertesten Maschinen. Die Struktur der Pallasstoffe unterscheidet sich von der auf anderen Sternen so vielfach, daß ein Vergleich garnicht statthaft ist. Die Quikkoïaner, die auf einem gallertartigen Stern lebten, wunderten sich immer wieder über die verblüffende Trockenheit des Sterns Pallas.

Die »Arbeiten« am Turm hatten nur am Anfange die Körperkräfte der Pallasianer in Anspruch genommen. Gleich danach hatten sich ein paar hundert Freunde des Dex bemüht, neue maschinelle Erfindungen einzuführen. Und dann galt es nur, die vielen Maschinen richtig zu bedienen und sie rechtzeitig zu reparieren. Und schließlich bemühten sich Alle nur darum, immer bessere Maschinen zu erfinden. Die »Arbeiten« bekamen somit sehr bald ein ganz anderes Gepräge – es wurde viel gerechnet und immer wieder etwas Neues ausprobiert. Eine gedankliche Tätigkeit trat allmählich überall an die Stelle der handlichen. Und alles wurde so praktisch und bequem wie möglich eingerichtet, sodaß Unfälle schließlich nicht mehr vorkamen.

Besonders wurde die Anlage der Bandbahnen immer wieder verbessert, sodaß oben am Turm bald kein Band mehr vergeblich dahinrollte – die Bänder wurden so geschickt von einer Rolle zur andern übergeführt, daß jedes Stück mehrfach zu gebrauchen war. Für den Stahlstangentransport hatte man ein paar Zahnradbahnen versuchsweise eingeführt – doch sie bewährten sich nicht – durch Stahl versteifte, langsam rollende Bandbahnen bewährten sich für die Überführung der langen Stangen doch am besten.

Und Peka wurde sehr müde, sein Körper begann schon, an einigen Stellen durchsichtig zu werden. Tief unten an einem Nuse-Turm im oberen Teile des Nordtrichters lag er eines Tages auf einem glatt polierten großen Steinwürfel, und Bombimba saß neben ihm.

»Sie hören nicht mehr auf«, sagte der müde Peka, »ihre ganze Gedankenrichtung ist eine technische geworden. Die große Kunst der Rhythmisierung in den Flächen- und Raumpartieen gilt ihnen garnichts mehr; sie wird ihnen nie mehr etwas gelten. Und so ist es mir nicht mehr möglich, länger unter ihnen zu weilen. Ich werde bald fort sein. Das Klagen hat natürlich gar keinen Zweck. Ich wollte unserm Stern Bewohner geben, die in beschaulicher Ruhe dahinleben können. Das war aber wohl nicht die Absicht des großen Unbekannten, der uns führt. Ich habe ihn nicht verstanden. Und darum muß ich fort. Ich bin überflüssig geworden. Man hat in den letzten Jahren so viele Maschinen erfunden, um den großen Stahlturm da oben zu bauen. Hätte man nicht in derselben Zeit so viele Maschinen erfinden können, um mein Steinpolieren zu erleichtern? Dann wäre Alles anders gekommen. Man hätte den Nordtrichter in derselben Zeit köstlich mit funkelnden Kanten und Brillanten durchsetzen können – mit ganz steilen glatten Wänden! Und in den Wänden hätten rechtwinklige Löcher sein können, in denen man jetzt sitzen könnte und hinausstarren und hinunterblicken. Man hätte die Rhythmen des Nordtrichters so oft wieder von einem andern Punkte aus sehen können – von unten sowohl wie von oben.

Man hätte in einem Bauwerk gelebt. Und die Ateliers der Pallasianer hätten Aussichten gehabt – in den Nordtrichter hinein. In dem hätte jeder Stein glatte Flächen zeigen können – glatte Flächen, die doch allein den Rhythmus in den Raum- und Flächenpartieen künstlerisch wohltuend markieren können. Das ist nun alles unmöglich. Das Drahtnetz oben zerstörte den Rhythmus im Raum – es kann vielleicht mal eine Kuppel werden – aber das Kompakte – das Bleibende und Feste – das fehlt. Und daß es fehlt – das gibt der ganzen Gedankenrichtung der Pallasianer eine andere Richtung. Ich bin mit meinen schwerfälligen Steinen eine veraltete Erscheinung, nur noch gut genug, dem Sofanti Turmhäute zu liefern. Das genügt mir aber nicht. Mir genügt es auch nicht, wenn ich im Nordtrichter hier und da ein paar glatte Wände und scharfe Kanten anbringen kann. Ich wollte auch mal eine künstlerische Aussicht haben. Die hätte ich aber nur, wenn ich den ganzen Nordtrichter nach rhythmischen Prinzipien durchgearbeitet hätte. Eine Kleinigkeit genügte mir nicht.«

»Hättest Du da nicht«, fragte Bombimba, »auf der Außenseite des Pallas so viel umwandeln können, daß die Aussicht überall Deinen Prinzipien genügt hätte?«

Peka lächelte schmerzlich und sagte nach einer langen Weile:

»Wir haften mit unsern Gedanken nicht immer da, wo wir wollen. Ich habe zumeist im Nordtrichter gelebt, nicht auf der Außenseite des Pallas. Die ist auch garnicht so leicht nach allen Seiten durchzubilden. Man kommt da immer wieder an eine Grenze, wo das Ungeordnete herrscht. Und grade das Ungeordnete in unserm Stern wollte ich ja ganz und gar vergessen. Hätte ich alle Berge auf dem Nordtrichterrande rhythmisch mit graden Linien und glatten Flächen in tausend Winkel gegliedert, dann wäre ich nie darauf gekommen, über den oberen Rand hinwegzublicken – oder unten durch das Loch in den Südtrichter zu fahren. Ja – ich bin eben nicht in der Lage, aus meiner Gedankenrichtung hinauszukommen. Und da ich sie nicht in erquickende Wirklichkeiten hineinzusetzen vermag, so ist meine Gedankenrichtung nicht mehr lebensfähig. Kannst Du alles, was ich Dir sagte, dem Lesabéndio sagen? Ich wäre Dir dankbar. Ich möchte mich in Lesa, der mich vernichtete, auflösen. Vielleicht bleibt dann Etwas von dem, was ich dachte, auf dem Pallas zurück. Willst Du ihm das alles sagen?«

Bombimba nickte und flog davon, um den Lesa zu suchen und zu benachrichtigen.

»Immer«, fuhr Peka, als er allein war, fort, »glaubt man, das Beste zu tun. Und schließlich wird doch Alles ganz anders. Wer kann den unbegreiflichen Führer begreifen? Wer begreift unser ganzes Leben? Einst, als wir Nüsse waren, da ging Alles so wirr durcheinander. Und im Traume gehts auch so wirr durcheinander. Und im andern Pallasianer? Gehts da auch so wirr durcheinander? Wir wissen das alles nicht. Vielleicht habe ich Unrecht gehabt – und Unrecht getan. Vielleicht war ich schon zu müde – vor vielen vielen Jahren. Lesa ist jedenfalls kräftiger. Das ist auch etwas wert. Ja! Ja!«

Bombimba fand den Lesa nicht gleich und mußte dreißig Bandbahnen benutzen, ohne ihn zu finden. Oben im Turm sagte man überall, Lesa sei unten. Und unten auf den Bergen bei den Maschinen war es überall so laut, daß Bombimba sich schwer verständlich machen konnte. Die großen Maschinen zogen den Kaddimohnstahl aus dem harten trockenen Boden heraus, daß der furchtbar knirschte. Dazu kamen die Hammermaschinen, die den Stahl bearbeiteten. Es war garnicht leicht, einen Pallasianer zu finden, wenn er allein sein wollte. Und Lesa wollte jetzt immer wieder allein sein. Schließlich wurde er in dem Aussichtszimmer eines kleinen Lichtturms gefunden, der ganz einsam drei Meilen höher als der Modellturm schon vor sehr langer Zeit gebaut wurde. Lesa hörte, was er sollte, und begab sich gleich mit Bombimba zum müden Peka.

Lesabéndio sagte zum Peka milde:

»Ich danke Dir, daß Du mich grade gerufen hast. Ich habe alles, was Du zu Bombimba sagtest, von diesem gehört. Und ich weiß nicht, was ich Dir zum Troste mitteilen soll. Ich weiß: Du brauchst keinen Trost. Aber es ist doch immer ein seltsamer Augenblick, wenn man fühlt, daß der Körper durchsichtig wird. Wir werden alle von unbekannten Mächten fortgetrieben. Und das Ziel, das uns vorschwebt, scheint uns immer wieder undeutlich zu werden. Was wissen wir von unserm Leben? Vielleicht hast Du mit Deinen künstlerischen Bestrebungen ein Wertvolleres im Auge gehabt als ich. Du wolltest die ruhige Stille. Ich habe die nie gekannt. Und das empfinde ich doch zuweilen als einen Mangel in mir. Ich kümmere mich viel mehr um das, was außer mir ist. Aber – glaube mirs! – auch das muß wohl ein Wertvolles sein. Es kam mir das Leben unsres ganzen Sonnensystems und besonders das Leben unsres Doppelsterns immer viel wichtiger vor als mein eigenes Leben. Wissen wir denn, ob wir jemals ein eigenes Leben erfassen können? Deine Freude am Rhythmischen gab Dir ja mehr die Empfindung, daß Du ein eigenes Leben hattest. Ob das aber nicht auch nur eine Täuschung war? Ich habe viel von dem, was Du wolltest, wohl unmöglich gemacht. Doch ich war nicht Herr meiner selbst.«

»Ich bin ganz ruhig«, erwiderte Peka, »und ich habe jetzt nur noch den einen Wunsch, daß Du recht viel von meiner Ruhe und Beschaulichkeit in Dich aufnimmst. Du bist der Tatkräftige. Das Tatkräftige war mir aber meiner Anlage entsprechend nicht naheliegend. Es entwand sich mir immer. Nun sehen wir beide ein, daß wir nicht leicht, solange wir nebeneinander lebten, zusammenkommen konnten. Da ist es doch ein Trost, daß wir uns zum Schluß noch so nähern können. Das Ende der Pallasianer ist doch ein beneidenswertes. Ich glaube nicht, daß es Ähnliches öfters in unserm Sonnensystem gibt. Ich werde in Dir weiterleben als Dein guter Freund, obschon ich im Leben niemals Dein guter Freund war und immer in andern Sphären meine kühlen ruhigen rhythmischen Ziele erblickte. Zur Wehmut haben wir also keinen Grund. So wie es gekommen ist, wirds wohl das Richtige sein. Das Kräftigere siegt immer. Aber wir müssen auch ein Vergnügen darin erblicken, mal vom Kräftigeren besiegt zu werden. Gib mir Deine Hand, Lesa! Wenn Du bereit bist, so werde ich Dir dankbar sein. Bombimba kann in unsrer Nähe bleiben.«

Die Beiden reichten sich die feinen Hände und drückten sie, Bombimba sah starr zu; er hatte noch niemals einer Auflösung beigewohnt.

Und dann reckte sich plötzlich der Lesabéndio dreißig Meter hoch empor, und die Poren seines Körpers weiteten sich mächtig wie große Rachen auf. Und Peka wurde mit einem Ruck von Lesas Körper angezogen – und war gleich danach verschwunden.

Langsam schlossen sich Lesas Körperporen, und dann wurde er langsam wieder kleiner und blickte langsam im Nordtrichter herum, als sähe er alles mit ganz neuen Augen.

»Es ist mir doch«, sagte er bedächtig zum Bombimba, »als wären wir immer auf einem Irrwege. Wir haben eigentlich niemals das Gefühl, als wäre das, was wir tun, das Richtige. Es gibt immer noch eine andere Bandbahn, die in scheinbar besserer Gegend zum Ziele führt. Ich sehe den Peka, der mir so heftig Zeit seines Lebens widerstrebte, jetzt so deutlich vor mir, wie ich ihn nie in seinem Leben sah. Sein Geist wird in mir immer lebendiger werden. Und ich bekomme dadurch eine neue Seite. Unsre Persönlichkeit schließt sich niemals ganz ab. Auch Peka empfand zuletzt, daß sein Weg wohl nicht der einzige Weg zum guten Ziele sei. Auch sein gutes Ziel wurde ihm undeutlich.«

Bombimba sagte rasch:

»Welch ein geheimnisvolles Leben führen wir auf dem Pallas! Mir ist so, als hätte ich Euch beide jetzt erst verstanden. Aber ich verstehe auch, daß Ihr nie zusammenkommen konntet, solange Ihr lebtet. Die Auflösung Pekas in Dir hat aber das Unmögliche ganz einfach möglich gemacht. Ob es möglich ist, Lesa, daß sich der Pallasianer auch in einem andern höhern Wesen auflösen könnte? Weißt Du das?«

»Ich weiß das nicht«, versetzte Lesa, »aber vielleicht erfahren wirs, wenn wir oben sind. Wir erleben ja auf dem Pallas so große Wunder, daß wir wohl hoffen dürfen, daß wir immer größere erleben werden.«

Die Lichtwolke kam herunter, und es wurde Nacht im Nordtrichter. Alle elektrischen Lampen flammten mit einem Ruck bunt und funkelnd auf. Die Scheinwerfer drehten sich. Bombimba legte sich auf die nächste Pilzwiese, die Haut seines Rückens spannte sich hoch über ihm zusammen. Er ließ seinen linken Arm leuchten und rauchte sein Blasenkraut und dachte über Leben und Sterben auf dem Pallas nach.

Lesabéndio aber fuhr auf zehn Bandbahnen und zwei Seilbahnen zum Biba und erzählte ihm, was vorgefallen war.

Biba lächelte und sagte hastig:

»Das hab ich immer gewünscht. Größere Ruhe ist für Dich ein Bedürfnis. Peka wird sie Dir geben. Jetzt kannst Du auch erfahren, wie der Peka in Dir wirkt – ob er persönlich in Dir lebendig bleibt. Ist das der Fall, so könntest Du auch persönlich oben im Kopfsystem Dich erhalten.«

»Wenn wir nur erst genauer wüßten, was das Persönliche eigentlich ist!« erwiderte Lesa.

Sie sprachen noch lange darüber.

Am nächsten Tage aber hatte Dex das nächste Stockwerk fertig gebaut – abermals drei Meilen schräg nach oben, der Ring oben hatte nur noch einen Durchmesser von einer guten halben Meile. Sofanti ließ viele Häute hinaufschaffen.

Der Turm reckte sich jetzt fast sieben Meilen hoch zum Kopfsystem des Pallas hinauf.

Achtzehntes Kapitel

Biba hält dem Lesa einen großen Vortrag über die Annäherungsmotive astraler Lebewesen, und Lesa hält das Gesagte für einen Beitrag zur Lösung des Persönlichkeitsproblems. Man entdeckt in Pekas Atelier ein großes Modell des Nordtrichterturms mit architektonischer Durchbildung. Viele Pallasianer bedauern, daß der Turm die Ausführung des Peka-Modells verhinderte. Die Ampel oben steigt aber höher, und man baut das nächste Stockwerk eine Meile hoch, Sofanti umschließt das Ganze mit Haut, sodaß der Turm seine Laterne hat. Labu ist verschwunden. Manesi geht in seinem Sonnenatelier ebenfalls wie Peka in Lesabéndio auf.

Biba wurde jetzt sehr lebhaft; er ließ den Lesabéndio fast garnicht mehr aus den Augen. Fast in jeder Stunde hatte er ihm neue Gedankengänge zu übermitteln. Und Lesa hörte immer aufmerksam zu.

Oben auf dem Rande der großen Manesi-Ampel sagte Biba eines Tages zwischen großen karminroten Blumen, die wie schlaffe kleine Luftballons unter dem violetten Himmel hingen, während die grünen Sterne heftig funkelten und die Lichtwolke oben strahlte:

»Lieber Lesa, wir denken wohl häufig, es könnte wohl verwunderlich sein, daß sich die Sterne einander nähern und so lange einander nahe sind. Ein bloßes Mitteilungsbedürfnis kann sie doch nicht zusammenführen. Um sich Gedanken mitzuteilen, dazu bedarf es keiner körperlichen Annäherung. Die Gedankenmitteilung ist durch Bücher und andere Schriftzeichen viel leichter herzustellen. Wenn wir Oberflächenwesen schon die fixierte Gedankenübermittlung kennen, so dürfte den Sternen noch eine ganz andere Art von verständlichen Schriftzeichen geläufig sein. Darum bin ich der Meinung, daß den großen astralen Lebewesen das Fixieren von Gedanken nicht so wichtig ist – wie das Formulieren von neuen Eigenschaften. Dieser wegen kommen sie zusammen. Und so läuft alles Zusammenkommen auf große lange Zeit hindurch vorzubereitende Umwandlungsprozesse hinaus. Die Sterne kommen eben zu andern Sternen, um ihr ganzes Wesen ein wenig oder recht energisch – umzuwandeln. Wie verwandeln sich nur die Kometen in der Nähe der Sonne! Bedenke das nur! Das ist das Deutlichste. Dieses Umwandlungsprinzip ist darum auch in den Oberflächenwesen der Sterne zu konstatieren. Denke an die sterbenden Pallasianer! Vielleicht ist alles Sterben in unserm Sonnensystem nur auf dieses große, überall bemerkliche Umwandlungsprinzip zurückzuführen. Da hätten wir einen Gedankengang, der wohl viele Rätsel einer Lösung etwas nähert. Andrerseits wird doch auch die Sonne durch ihre Planeten umgewandelt; der Einfluß des Jupiters auf die Sonnenfleckenperiode ist doch ebenfalls so außerordentlich deutlich. Vielleicht ist sogar der Pallas in der Lage, einen kleinen Eindruck auf das Leben der Sonne auszuüben. Wir könnens ja nicht bemerken. Aber vielleicht weiß das Kopfsystem oben Näheres davon. Vielleicht stehen wir der Sonne näher, als wir denken. Natürlich werden sich manche Sterne zu Zeiten auch gegen den allzu kolossalen Einfluß der Sonne auflehnen und sich dann eine Kruste zulegen, durch die sie ein wenig geschützt sind gegen die allzu heftigen Temperaturbeeinflussungen unsres großen Centralgestirns. So mags bei der Erde sein. Vielleicht kommt daher auch die etwas zurückgebliebene Geistesverfassung der Erdoberflächenbewohner. Der Pallas ist ja auch sehr hartkrustig. Aber er hat einen beweglichen Kometenkopf. Vielleicht stammt dieser doch aus dem Nordtrichter. Man müßte allerdings annehmen, daß dann dem Südtrichter auch ein Kometenkopf entstiegen sei. Aber über die Entstehung der Sternsysteme darf man ja nicht nachdenken. Was ist in diesen Kopf- und was ist Rumpfsystem? Das ist doch alles nur Bildersprache von uns. Möglich ist doch auch, daß das Kopfsystem oben ursprünglich garnicht an unsern Trichterstern gebunden war. Was ist nicht alles möglich! Wir sollen nicht darüber nachdenken. Das führt zu weit. Und wir würden wohl garnicht klüger, wenn wir Näheres von der Sternentstehung wüßten – oder wir würden vielleicht zu klug – was uns doch ebenfalls sehr schädlich sein könnte.«

Lesa sagte lächelnd:

»Das war eine famose Randbemerkung zum Thema: Persönlichkeit!«

Sie sprachen weiter über dieses große Thema. –

Währenddem waren die Freunde Pekas mit Labu in Pekas Atelier gefahren und durchstöberten da alle Ecken und Winkel der riesenhaft großen Räume. Und dabei entdeckten sie plötzlich eine Türe, die durch Druck nachgab.

Und sie sahen einen großen von der Decke aus hell erleuchteten Raum vor sich. Und im Fußboden dieses großen Raumes befand sich eine ganz genaue Nachbildung des Nordtrichters – aber mit unsäglich vielen kristallinisch gebildeten Felsmassen durchsetzt – mit glatten Wänden und mit großen Überkragungen – mit Terrassen und Türmen, Brücken und Geländern; auch viele Bandbahnen waren da, die sich so bewegten, wie die großen Bandbahnen draußen.

Das Modell hatte einen Durchmesser von ungefähr fünfzig Metern und drehte sich langsam automatisch um sich selbst. Von diesem Modell hatte bisher kein Pallasianer eine Ahnung gehabt; Peka hatte es heimlich ganz eigenhändig hergestellt. Es bewegte sich immer noch, und die nachgebildete Lichtwolke oben leuchtete auch noch immer. Das Ganze war an eine Elektrizitätsquelle angeschlossen und hätte sich noch Jahre hindurch bewegt, wenn man den Modellraum auch nicht entdeckt hätte.

»Welche Arbeit!« sagte Labu.

Man sah noch von oben mehrere Stricke herunterhängen; an denen hatte sich Peka angeschlossen, wenn er in seinem Modellturm die kleinen Modellfelsen anbrachte. Es sah wie eine Spielerei aus. Aber Pekas Freunde wurden doch sehr traurig, als sie das alles sahen.

Bei der ständigen Drehung des Ganzen ließ sich der rhythmische Wechsel in allen Raumteilen sehr gut beobachten. Und auch der Rhythmus in den Flächen wurde deutlich; er war durch farbige Linien und Bänder markiert.

In der Tiefe war das Loch des Planeten, und durch das sah man in den Südtrichter. Man versuchte nun zu diesem auch durchzudringen; es war aber zu eng, um einen Pallasianer durchzulassen. Nach langem Suchen fand man endlich eine Falltüre, durch die man in den unten gelegenen Raum gelangte. Dort aber lag noch alles ganz roh durcheinander; an den Südtrichter hatte Peka niemals ernstlich gedacht – allerdings schien ers wohl nicht für unmöglich gehalten zu haben, daß auch dort mal seine rhythmisierende Tätigkeit beginnen könnte.

Schnell wurden alle Pallasianer von der Existenz dieses Modells in Kenntnis gesetzt. Und Alle kamen, um sich die große langwierige feine Arbeit anzusehn.

Viele bedauerten beim Anblick dieses Modells, daß so wenig davon zur Ausführung gelangte; nur die Fundamente von drei Nuse-Türmen waren nach diesem Modell oben ausgeführt. Und diese drei – allerdings umfangreichen – Fundamente hatten dem Sofanti genügt, um ein überreiches Hautmaterial zu erzeugen.

Bald darauf entdeckten die Pallasianer ein neues Wunder: die Ampel, die oben im Turm so lange an den langen Drahtseilen hing, begann, sich unabhängig von den Drahtseilen zu machen; die Ampel fing an, zu steigen, sodaß die Drahtseile schlaff und eigentlich ganz zwecklos dahingen.

Nun hatten sich jedoch die Rankenpflanzen des Manesi weit auf den Drahtseilen fortgepflanzt; abschneiden konnte man also die Drahtseile nicht.

Die Ampel stieg immer höher; das Attraktionscentrum mußte demnach abermals ebenfalls höher gestiegen sein.

Und dann wurden die Drahtseile allmählich wieder straff – aber sie wurden jetzt aufwärts strebend straff, zogen also die Ampel runter und nicht mehr empor wie früher.

»Alles drängt nach oben!« sagte der Dex.

»Demnach müßten wir«, meinte der Sofanti, »doch wieder an die Arbeit gehen.«

Und dem stimmten die meisten Pallasianer bei. Und das nächste Stockwerk wurde hergestellt.

Dex wollte nur eine Meile hoch gehen.

Und da der Durchmesser des obersten Ringes mit den vierundvierzig Ecken nur eine gute halbe Meile lang war, so konnte man dieses Mal fast senkrecht die neuen Stangen ansetzen.

Das ging schneller, als man dachte.

Sofanti brachte seine Häute hinauf und umkleidete das neue Stockwerk ganz und gar.

Und da hatte die Turmspitze plötzlich einen Lampioncharakter; im Innern des neuen Stockwerks wurden Tausende von elektrischen Lampen angebracht.

Der Turm hatte nun oben seine »Laterne«.

Nuse, der die meisten Lichttürme im Nordtrichter gebaut hatte, war ganz besonders davon entzückt, daß jetzt der große Turm endlich zum vollendeten Lichtturm geworden war.

Aber Nuse sah jetzt mit Sorge der Lichtwolke entgegen und behauptete, daß sie sich wohl in das Innere des neuen Stockwerks hinunterlassen könnte. Und darum, meinte er, sei eine Überspannung oben durch Häute wohl angebracht.

»Ich wundre mich«, sagte er, »daß uns die Lichtwolke bislang so wenig hinderlich gewesen ist. Wenn sie kommt, fahren wir ja alle in die Tiefe. Aber nachdem wir sie elektrisch durchleuchtet haben, scheint sie sich immer weiter zurückzuhalten. Die kleinen Wesen mit den fadendünnen langen Körpern scheinen Furcht vor uns zu haben.«

Man war der Lichtwolke bereits sehr nahe gekommen. Am Tage war der Aufenthalt ganz oben im Turm nicht grade angenehm: die Lichtwolke leuchtete so heftig, daß die Pallasianer stets ihre Augen durch ihre große regenschirmartige Kopfhaut schützen mußten. Nachts, wenn die Wolke heruntergekommen war, konnte mans nur ganz kurze Zeit im Innern der Laterne aushalten; man konnte sich das nicht erklären, da die Wolke nicht durch das obere Loch durchkam.

Sofanti wurde demnach gebeten, doch oben das Loch mit Häuten zuzumachen. Er stöhnte ob des vielen Materials, tat aber schließlich sehr gern, was man von ihm verlangte.

Und als die Laterne oben zu war, konnte man die ganze Nacht im Innern der Laterne verweilen. Und das taten denn auch sehr viele Pallasianer.

Man wurde allmählich aufgeregt: man glaubte, daß jetzt die Lösung von unzähligen Lebensrätseln bald da sein würde.

Und fast Niemand dachte an künstlerische Ausgestaltung des Turms: man dachte nur an das, was hinter der Wolke lebte – an das große Kopfsystem des Pallas. –

Zu denen, die nicht von der allgemeinen Stimmung mitgerissen wurden, gehörten besonders Manesi und Labu.

Labu war nicht aufzufinden. Er hielt sich verborgen. Bombimba war gleichzeitig mit ihm verschwunden.

Wo die Beiden lebten, wußte Niemand.

Man suchte auch nicht nach ihnen, da Alle ganz von der Wolke gefangen genommen wurden und nur über diese sprachen.

Lesabéndio wurde so ehrfürchtig verehrt – als wüßte er ganz allein, was da oben sein könnte.

Und Lesabéndio wurde immer schweigsamer. Er gab Allen, die ihn ausforschen wollten, nur ganz kurze Antworten, sagte, daß er nicht mehr wisse als die Andern.

Dex zögerte mit dem Weiterbauen.

Aber er ließ unten von den Maschinen den letzten Stahl aus den Tiefen herausziehen und bereitete alles zum Weiterbau vor.

Biba blieb immer in Lesas Nähe, ließ ihn aber stets allein.

»Ich will Dich nicht stören!« sagte er öfters, »aber ich glaube, daß der Mutigste doch das größte Glück zu packen vermag.«

Manesi umschwebte immerzu seine große Blumenampel. Und dabei wurde sein Körper an einzelnen Stellen durchsichtig.

Und Manesi bat den Lesa eines Tages, ihm doch in sein großes Atelier zu folgen, das im Südtrichter lag.

Sie fuhren beide hin, und Manesi sagte müde und abgespannt:

»Ich glaube auch nicht mehr daran, daß jemals wieder künstlerische Neigungen auf dem Pallas die Oberhand gewinnen werden. Es geht alles ganz anders, als ich gedacht habe. Als Ihr damals zuerst mit der Turmidee kamt, sagte ich mir ja gleich, daß dadurch alles Künstlerische zurückgedrängt werden würde. Doch daß das so vollkommen geschehen würde – das hätte ich nicht gedacht. Fühlst Du nicht, lieber Lesa, etwas vom Peka in Dir?«

»Das schon«, versetzte Lesa, »aber das da oben ist mächtiger. Wir sind nicht die Herren unsres Schicksals.«

Danach sagte Manesi:

»Was Du dem Peka tatest, das tu mir auch. Ich werde Dir dankbar sein.«

Und Lesa war damit einverstanden.

Manesi ließ in seinem Atelier alle seine künstlichen Sonnen, durch die das Wachstum der Pilz- und Schwammwiesen so heftig gefördert wurde, plötzlich hell aufflammen und reckte sich ganz hoch auf. Und Lesa reckte sich auch hoch auf, und die Poren seines Körpers öffneten sich wie Rachen.

Ein paar Glühwürmer umschwebten Manesis Kopf.

Ringsum die vielen Ballonblüten der herrlichsten Manesi-Pflanzen schwankten träumerisch hin und her. Und in den größten Ballonblüten begann ein mächtiges Phosphoreszieren und ein großes Farbengezucke. Manesi sahs, lächelte, sah dem Lesa fest ins Auge – und verschwand in Lesas Körper.

Viele Ballonblüten fielen müde und schlaff zusammen.

Das Licht der künstlichen Sonnen wurde immer schwächer.

Es wurde bald ganz dunkel in Manesis Atelier.

Neunzehntes Kapitel

Nuse gibt den Rat, die Stangen für das nächste Stockwerk auf der Außenseite der Laterne hinaufzuführen. Manesi und Labu werden vermißt. Manesis Auflösung verbreitet Mißstimmung. Labu stellt mit Bombimba ein Pallas-Modell her, das mit Hilfe von hundert andern Pallasianern auf die Ampel hinaufbefördert wird. Als das nächste Stockwerk aufgerichtet und der ganze Turm jetzt neun Meilen hoch aufragt, verbreitet sich die Lichtwolke und kommt in einer Nacht, obschon sie dunkel wird, nicht hinunter, bleibt tellerartig oben. Und die Sterne sind des Nachts zu sehen. Ein Spiegelstern zieht vorüber am Pallas. Lesabéndio wird müde und will, daß das letzte Stockwerk schnell aufgeführt wird.

Oben in der Laterne wurde nun die Aufregung immer größer. Die Lichtwolke war am Tage nicht mehr volle zwei Meilen von der Turmspitze entfernt; hätten sich die Pallasianer nicht durch ihre Kopfhaut schützen können, so wäre der Glanz der Lichtwolke unerträglich gewesen.

Die Haut, die oben die horizontale Seite der Laterne von der freien Luft abschloß, hatte an vielen Stellen durchsichtige Hautplatten, die teilweise verdunkelt einen freien Blick auf die Wolke auch am Tage gestatteten. An vielen Seilen hingen viele Pallasianer unter der oberen Laternenhaut, blickten nach oben und berechneten die Entfernung, die bald ganz genau bestimmt war.

Der Durchmesser der Laterne betrug jetzt oben nur noch dreitausend Meter.

Man wollte weiterbauen – abermals eine Meile hoch höher steigen.

Das war nicht so einfach, da die Nähe der Lichtwolke jetzt viel gefährlicher erschien als in den unteren Stockwerken; obschon sich die Wolke in respektvoller Entfernung hielt, hatte sie doch eine abstoßende Kraft, der man sich jedenfalls nicht mit den Gliedern des Körpers aussetzen durfte.

Da machte Nuse, der sich für den großen Lichtturm mit seiner riesenhaften Laterne am meisten begeisterte, folgenden Vorschlag.

»Wir haben«, sagte er, »bei den letzten Etagen unsre Stangen nur mit Mühe nach oben bringen können, da wir die Stangen, die eine Meile lang sind, nur im Innern der Laterne hinaufführten. Das Umkippen der Stangen ließ sich nicht durchführen, da ja die Laterne im Querschnitt einen Durchmesser hat, der nicht eine halbe Meile beträgt. Darum schlage ich vor, das nächste Stockwerk anders zu bauen. Wir können doch die Stangen von außen hinaufführen – und zwar gleich mit der Haut zusammen; die kann gleich unten rechts und links von den Stangen in der nötigen Breite angebracht werden. Dann haben wir schließlich nur das oben abschließende, horizontal gelagerte Hautstück eine Meile hoch hinaufzuschieben – und das nächste Stockwerk ist fertig und oben gleich wieder abgeschlossen. Das Anbringen der Räder und Rollen auf der Außenseite der Laterne wird nicht große Schwierigkeiten bereiten, da wir ja nicht zu fürchten brauchen, hinunterzufallen; unsre Körper bleiben ja fast mühelos durch ein paar Flügelschläge lange in derselben Höhe.«

Der Vorschlag fand allgemeinen Beifall. Dex und Sofanti gingen sofort an die Arbeit. Und viele Pallasianer meldeten sich, die die Räder und Rollen an der Außenseite der Laterne befestigen wollten. Die neuen Turmstangen wurden unten gleich mit weiteren Rädern und Rollen an der Außenseite versehen, sodaß auch die Aufführung des letzten Stockwerks ganz mechanisch ohne weitere Handarbeit arrangiert werden konnte.

Als nun die Arbeiten ruhig und sicher oben zur Ausführung gelangten, fiel es plötzlich auf, daß Manesi und Labu nicht mehr sich sehen ließen. Und man vermutete, daß sie Beide dem Beispiele des Peka gefolgt seien, zumal Lesabéndio ebenfalls nicht sichtbar wurde. Als dieser schließlich kam und nur vom Manesi erzählte, waren Viele mißgestimmt. Man konnte sich aber nicht erklären, wo sich der Labu versteckt hielt – mit ihm war auch Bombimba verschwunden. Und man suchte sie.

Die beiden Verschwundenen befanden sich aber in einem der größten Ateliers des Labu im Südtrichter. Dort hatte der Labu eine kolossale Steinkugel von dreißig Metern Durchmesser aufbewahrt. Von dieser Kugel schnitten die Beiden oben und unten eine Kappe ab und machten dann oben und unten zwei Trichter, sodaß das Ganze ein Modell des Pallasrumpfes darstellte. An diesem Modell wollte Labu alle seine künstlerischen Absichten zeigen. Die Beiden zeigten an verschiedenen Stellen, wie die Trichterwände durch kugelartige und auch durch unregelmäßige hügelige Formen am besten belebt werden könnten, wenn man nicht verschmähen würde, stark wirkende Farben aufzutragen.

Labu sagte öfters:

»Ich verstehe nicht, warum der Peka immer sagte, daß rhythmische Gliederung nur durch Ecken und Kanten und besonders durch rechteckige Formen herzustellen sei. Warum soll Rhythmus nicht auch mit komplizierten, gewundenen Kurven deutlich zu machen sein? Wir sind wohl alle etwas einseitig. Ich will ja das Rechteckige garnicht ausschließen, bevorzuge allerdings auch immer nur die gekrümmte Linie. Doch so halsstarrig wie Peka bin ich nicht. Und deshalb fällt es mir garnicht ein, an der künstlerischen Zukunft der Pallasianer so zu verzweifeln wie der Peka.«

Die suchenden Pallasianer fanden nun schließlich die Verschwundenen, als sie grade eifrig an ihrem Modell arbeiteten.

Als Labu von Manesis Auflösung hörte, wurde er fast zornig und sagte:

»Das ist doch wahrhaftig nicht vernünftig. Ich denke wahrlich nicht daran, zu verzagen. Und um das den Pallasianern zu beweisen, möchte ich mein Modell oben auf der Ampel anbringen – über der Mitte – frei schwebend – nur von Stricken gehalten. Da soll man sehen, daß ich nicht wie Peka und Manesi bin. Ich verzage nicht so leicht. Wenn der Turm fertig ist, kommen auch andre Zeiten. Und da wird man abermals der Kunst, wenn man sie jetzt auch noch immer in die Ecke stellt, ein neues Rückgrat verschaffen. Nun handelt sichs nur darum, das etwas schwere Modell hinaufzutragen.«

Die Pallasianer freuten sich über diese Rede des lebensfrohen Labu außerordentlich und wollten gleich ein paar hundert andre Pallasianer veranlassen, das Hinauftragen des Modells nach Kräften zu fördern.

Und es kamen auch achtzig hilfsbereite Freunde des Labu unten in seinem großen Atelier an.

Man brachte das Modell mit Rädern auf Eisenschienen hinaus, löste ein paar Magnetbahnen auf, knüpfte das Modell an die dadurch frei gewordenen Seile und zog an diesen den kleinen Trichterstern durch das Centralloch durch – so, daß er nicht an die Wände des großen Pallas herankommen konnte. Und dann stieg die schwere Steinmasse – von mehreren Seiten an den Seilen in der Mitte gehalten – nach oben empor, ohne daß man weitere Mühe hatte.

Oben auf der Ampel wurde das Modell frei schwebend angebracht – nur durch ein paar Seile gehalten, daß es nicht höher steigen konnte.

Das Attraktionscentrum rückte zeitweise immer höher hinauf. Doch dann sank es auch wieder mehr hinunter, sodaß man die Ampel zuweilen wieder hängend sah wie am Anfange, als sie angehängt wurde – in diesem Falle mußte das Modell durch Stangen gestützt werden.

Labus Modell machte aber wenig Eindruck auf die oben befindlichen Pallasianer – die dachten fast alle nur an die große Lichtwolke.

Die große Lichtwolke veränderte sich, als das nächste Stockwerk der Laterne fertig in die Höhe gerichtet dastand. Jetzt ragte der Turm schon neun Meilen hoch auf. Seine Spitze war von der Wolke nur noch sechstausendundfünfundfünfzig Meter entfernt. Es schien so, als würde die Wolke ganz unruhig, am Tage zeigte sie oft schwarze Flecke, und des Nachts wurde sie immer breiter. Und eines Abends kam sie nicht mehr hinunter wie sonst. Die Wolke wurde dunkel, breitete sich aber plötzlich nach allen Seiten aus – wie ein flacher Teller.

Man erschrak.

Alle glaubten, jetzt würde gleich etwas Fürchterliches geschehen. Eine Nacht gabs auf dem Pallas, in der alle Sterne zu sehen blieben – grün funkelten sie am violetten Himmel.

Die Sonne leuchtete so hell, daß eine Dämmerungsstimmung entstand, in der die vielen elektrischen Lampen und die Lichttürme des Pallas – besonders der große – sehr seltsam und geheimnisvoll wirkten.

Eine derartige Zwielichtbeleuchtung war den Pallasianern ganz neu.

Um Labus Modell kümmerte sich nun Niemand mehr – selbst Labu selber nicht.

Als sich die Wolke dann gegen Morgen wieder zusammenzog, wurde sie allmählich wieder hell und leuchtete wie sonst.

Alle Pallasianer hatten in dieser seltsamen Dämmerungsnacht nicht geschlafen.

Jetzt aber wurden sie müde und suchten die Pilzwiesen auf – besonders die in den dunkeln Höhlen, wo das Tageslicht nicht hinkonnte.

In der nächsten Nacht schwebte neben dem Pallas – ganz in dessen Nähe – ein seltsamer Asteroïd vorüber. Der hatte an der Seite, die er dem Pallas zukehrte, einen zwei Meilen langen, ganz glatten Metallspiegel.

In diesem Metallspiegel spiegelte sich der ganze Pallas – und da sah man erst, wie magisch und geheimnisvoll der große Lichtturm mit seiner hohen Laterne wirkte.

Alle Pallasianer waren entzückt und gaben dem Spiegelstern Zeichen mit Scheinwerfern.

Auf dem Spiegelstern sah man danach plötzlich ebenfalls eine Menge Scheinwerfer hervorbrechen. Und der Spiegel wurde dabei karminrot.

Da veränderten die Pallasianer alle Farben in ihren Lichttürmen durch anders gefärbte Hautstreifen.

Und gleichzeitig geschah das auch auf dem Spiegelstern.

Biba wollte eine Zeichensprache durch Scheinwerfer deutlich machen. Es gelang aber nicht. Der Spiegelstern entfernte sich und zeigte dabei eine andere Seite seines Sternkörpers, die so aussah wie ein Gewirre von unzähligen bunten glitzernden Schlangen.

Nun dachte man daran, das nächste Stockwerk anzusetzen.

Doch Dex und Nuse wurden ängstlich.

Sofanti sagte:

»Was dann geschieht, wenn die Stangen mit den Häuten die Wolke oben direkt berühren – das können wir nicht wissen. Ich glaube, die Wolke wird sich dann ganz und gar auseinandertun. Wir stehen jedenfalls vor dem größten Ereignis unsres Lebens.«

»Es wäre«, fuhr er dann später fort, »doch wichtig, daß wir jetzt hörten, was Lesabéndio zu dem Ganzen sagt.«

Lesabéndio aber schwieg.

Biba kam nun in Lesabéndios Nähe und sagte leise:

»Lesa, Du beunruhigst mich. Warum sprichst Du nicht? Sollen wir weiterbauen? Oder sollen wirs vorläufig lassen? Du mußt Dich doch jetzt äußern. Deinetwegen ist doch der ganze Turm gebaut. Ich verstehe Dein Schweigen nicht. Sprich doch. Was fehlt Dir?«

Da sagte Lesa müde:

»Quält mich doch nicht mit Fragen. Baut doch weiter. Es eilt.«

Da baute man weiter.

Zwanzigstes Kapitel

Das letzte Stockwerk wird nach oben gebracht. Die letzten Vorbereitungen zu Lesabéndios Aufstieg werden getroffen. Lesa gibt dem Biba auf dem höchsten Balkon noch besondere Anweisungen. Als Lesa allein ist, beugt er sich noch einmal über den Balkonrand und sieht zum letzten Male lange Zeit hindurch in den Nordtrichter, in dem viele Gesteine sehr heftig funkeln, was am Tage noch niemals beobachtet wurde. Dann spricht Biba mit Lesa über eine spätere Verständigung und über die Zukunft des Asteroïdenrings und über die Vergangenheit des Pallas. Lesa wird wieder mutig und bleibt oben allein. Alle Pallasianer schlafen in dieser Nacht unten. Am nächsten Morgen soll das letzte Stockwerk aufgerichtet werden.

Die letzten vierundvierzig Kaddimohnstahlstangen mit dem dazu gehörigen Hautmaterial wurden dann langsam von Stockwerk zu Stockwerk hinaufgezogen. Und man achtete darauf, daß das gleichmäßig geschah.

Während aber die Arbeit der Maschinen ganz ruhig vor sich ging, entstand oben in der Laterne eine immer größere Aufregung; das Durchstoßen der Wolke oben mußte in allernächster Zeit Klarheit schaffen. Alle Pallasianer glaubten, jetzt würde sehr bald das letzte Rätsel ihres Lebens gelöst werden. Ein Gespräch über künstlerische Angelegenheiten kam nicht mehr auf. Selbst Labu sprach nur noch von der Wirkung der letzten Stahlstangen, wenn sie einfach gleichzeitig oben in die leuchtende Wolke hineinstießen. Man wollte am frühen Morgen die große Tat zur Ausführung bringen.

Daß Lesabéndio sehr bald nach Aufrichtung des letzten Stockwerkes den Versuch machen wollte, sich oben mit dem Kopfsystem des Pallas zu vereinigen – das war Allen bekannt. Und die meisten Pallasianer hielten diese letzte Tat Lesabéndios für den würdigen Abschluß des Turmbaus und für das Allerwichtigste bei diesem Turmbau.

»Wenn dem Lesa das gelingt«, sagte Dex, »so ist die Zukunft unsres Lebens mehr oben im Kopf zu suchen als unten im Rumpf.«

»Wenn es«, sagte Nuse, »dem Lesa gelingt, ist es aber noch nicht feststehend, daß es einem zweiten Pallasianer ebenfalls gelingt.«

»Darüber brauchen wir noch nicht nachzudenken«, meinte dazu der Sofanti, »zunächst müssen wir wissen, wie wir den Lesa so hoch hinaufführen, daß er das, was er will, auch zur Tat machen kann. Ich habe deswegen an der Innenseite des letzten Stockwerks an allen vierundvierzig Stangen Räderwerke angebracht, die uns gestatten, das ganz oben befindliche, horizontal angebrachte, schützende Hautstück in ein paar Sekunden zur allerhöchsten Spitze des Turms hinaufzuschieben. Es ist alles vorbereitet. Aber es scheint mir vorsichtig zu sein, wenn wir noch ein oder zwei solche Hautstücke dem ersten nachsenden, wenn das erste zerreißen sollte. Hiermit müssen wir rechnen.«

Und nach kurzer Beratung beschloß man, noch drei weitere, horizontal abdachende Hautstücke hinter dem ersten aufzuspannen.

»Ich habe noch soviel Haut!« sagte Sofanti.

Und die drei Hautstücke wurden bald hinaufgeschafft und hintereinander in einer Entfernung von je dreihundert Metern unter dem obersten aufgespannt. Leicht auflösbare Klapplöcher befanden sich in jedem dieser Dachhautstücke.

Als nun die letzten Hautstücke langsam eines Morgens oben an der Laterne höher stiegen, saß Lesabéndio mit Biba zusammen außen am untern Rande des vorletzten Stockwerks auf einem der breiten, weit vorspringenden Balkons. Und die Beiden blickten nachdenklich in den violetten Himmel und in die grünen Sterne. Die Kopfhaut schützte die Beiden wie ein aufgespannter Schirm vor den blendenden Strahlen der Lichtwolke, die oben jetzt immer sehr heftig leuchtete, obschon sie öfters große schwarze Flecke zeigte, als wollte sie demnächst auseinandergehn.

Lesa sagte langsam:

»Ich traue meinen Kräften nicht so recht. Könntest Du nicht den Sofanti fragen, ob er das vorletzte Dachstück nicht so behandeln könnte, daß es, in der Mitte heruntergezogen und dann nachher losgeschnellt, so wie ein Sprungtuch für mich wirkt? Ich möchte zwischen den obersten beiden Dachhäuten allein sein und schließlich das oberste in der Mitte aufreißen, rasch auf dem vorletzten ganz hinaufkommen, plötzlich zurückgezogen und dann hinaufgeschnellt werden. Ich denke, daß ich so hoch genug komme.«

Biba versprach, den Sofanti zu verständigen, und eilte auf der nächsten Bandbahn davon.

Lesa saß allein und sah traurig in die Sternenwelt hinein.

Plötzlich durchzuckte ihn ein Gedanke: er wollte noch ein Mal den Nordtrichter sehen.

Und er sprang mit einem Satz zum äußersten Rande des Balkons, hielt sich mit dem Saugfuß fest und beugte sich hinüber und blickte hinab in die Tiefe.

Er sah, wie die letzten Stangen an der Laterne langsam gleichmäßig hinaufstiegen. Und unten in der Tiefe des Nordtrichters sah er ein Funkeln in den Steinen, das er noch niemals dort gesehen.

Aber die Berge des Trichterrandes waren so fern, daß er seine Teleskopaugen ganz weit ausstrecken mußte, um noch ein Mal alles ganz deutlich zu sehen – Pekas Steinfundamente besonders – und auch die Nuse-Türme.

Es war da unten alles ganz hell und ganz still; kein Pallasianer schwebte da unten herum. Fast dreißig Meilen gings bis zum Centrum hinunter.

Die Manesi-Ampel konnte Lesa nicht sehen – und er bedauerte das. Und dabei mußte er sehr lebhaft an den Manesi denken, und er sah einige Ranken der Manesi-Ampel langsam unten an den Stricken, die zum Turm führten, hin und her schwanken.

»Es wäre wunderbar«, sagte er leise, »wenn an allen Turmstangen solche Manesi-Ranken hin und her schwanken könnten. Vielleicht sind wir doch zu hastig gewesen. Doch wir konnten ja nicht anders. Wir mußten doch erst hinaufkommen.«

Da sah der Lesa, daß sich das Funkeln in den Tiefen des Nordtrichters weiter hinaufzog. Und plötzlich funkelte es an so vielen Stellen im ganzen Nordtrichter, daß Lesa seine Teleskopaugen zurückziehen mußte; er konnte den neuen Glanz nicht ertragen.

Als Lesa wieder die Augen langsam vergrößerte, sah er das Funkeln nicht mehr.

Alles lag unten in der schauerlichen Tiefe still und feierlich da. Die weißen und blauen Felsen im oberen Teile des Trichters leuchteten ganz hell.

»Wie ruhig da unten Alles leuchtet!« sagte Lesa leise.

Als Biba zurückkam, blickte Lesa immer noch weit vorgebeugt am Balkonrande hinunter – in den großen Nordtrichter des Pallasrumpfes hinein.

Lesa merkte, daß Biba wieder da war; Biba lächelte und sagte sanft:

»Du nahmst Abschied!«

Lesa kam wieder zur Laternenwand. Und dann saßen die Beiden stumm nebeneinander.

Biba sagte:

»Sofanti macht alles so, wie Du es wolltest. Die Stangen werden noch vor Einbruch der Dunkelheit oben sein. Und morgen früh können die Stangen mit den Häuten aufgerichtet werden. Die Häute sind jetzt derartig an den Stangen befestigt, daß sie sich oben sofort zusammenschließen, ohne daß weitere Arbeit notwendig ist.«

»Ich danke Dir!« sagte Lesa, »ich fühle mich ganz wohl, obschon so viele Teile meines Körpers durchsichtig werden. Nur sehr kräftig fühlt sich mein Körper nicht.«

Biba richtete sich dreißig Meter hoch auf und rief:

»Ich glaube: ich fühle, was Du bald fühlen wirst.«

Dann wurde er wieder so klein wie Lesa, und dieser sagte langsam:

»Wenn ich nun dort oben weiterlebe, so will ich Dir ein Zeichen geben. Sei immer mitten auf der Ampel, wenn der Abend naht. Doch nein! Es ist ja garnicht wahrscheinlich, daß Nacht und Tag auch weiter auf dem Pallas wechselt wie bisher. Sei in Deinem Atelier – am Außenrande des Pallas – so oft Du kannst. Und ich werde versuchen, Dir meine Nähe anzuzeigen durch leise zitternde Töne.«

Biba nickte.

»Es ist vielleicht«, fuhr Lesa fort, »alles, was wir von dem Großen da oben gesprochen haben, ganz und gar falsch. Ich habe das Gefühl, daß alles ganz anders aussieht, wenn ich es oben – selbst vollständig verändert – durchschauen kann. Vielleicht ist es mir auch dort noch garnicht möglich, mehr von unserm Planetensystem zu durchschauen als hier. Ich glaube doch, daß die Welt so großartig ist, daß auch die Sterne ihre Großartigkeit noch garnicht erfassen können. Wir kommen wohl immer weiter – und sie, die Größeren, kommen auch immer weiter. Aber auch in der Erkenntnis kommen wir nicht an ein Ende. Die Welt, in der wir leben, ist in allen Beziehungen so, daß alles ins Unendliche führt und nicht zu einem Schluß. Das darf uns ja nicht traurig machen. Im Gegenteil! Gäbe es eine endgültige Lösung aller Rätsel, so könnten wir ja nicht mehr weiter.«

»Ja«, erwiderte Biba, »glaubst Du nun aber, daß ein Zusammenschluß der vielen Asteroïden möglich ist? Sie sind ja alle so verschieden voneinander, daß man daran wohl zweifeln kann.«

»Das«, erwiderte der Lesa, »habe ich mir auch schon öfters gesagt. Aber warum sollen denn nicht die Verschiedenartigsten zusammenkommen? Wenn ich bedenke, daß ich mit einem großen Kometensystem zusammenkommen kann – so können doch auch die vielen Asteroïden sehr wohl zusammenkommen, denn sie sind voneinander lange nicht so verschieden – wie ich von dem großen Kometensystem oben verschieden bin. Ich muß Dir allerdings gestehen, daß diese kolossale Verschiedenartigkeit zwischen mir und dem Großen da oben mich doch immer wieder mutlos macht. Ich wage beinahe nicht mehr, das zu tun, was ich wollte – und was Ihr jetzt alle auch von mir wollt.«

»Was ist kühn?« versetzte Biba hart, »ich möchte mich mit der Sonne vereinigen. Ist das nicht noch kühner als das, was Du vorhast? Allerdings – heute und morgen will ich das noch nicht. Ich denke nur, daß ich allmählich immer reifer werden könnte. Ich habe Dich bisher Deines Mutes wegen so viele Male bewundert. Ich glaube, daß der Mutigste das größte Glück haben wird. Bleibe Dir treu, damit ich Dir auch treu bleiben kann.«

»Aber«, sagte nun Lesa, »ich will garnicht mehr das größte Glück. Es gibt ja doch noch immer ein größeres. Ich denke garnicht mehr daran, daß ich selbst etwas will. Ich werde von einem starken Luftzuge weitergetragen. Ich kann garnicht mehr so, wie ich selber will. Ich muß so tun, wie der Luftzug es will. Aber ich frage mich, ob ich auch würdig bin, so von dem großen Luftzuge mit fortgerissen zu werden. Ich komme mir nicht so groß vor. Das ist es. Und ich bin traurig, daß ich nicht mehr so stürmisch weiterkann wie einst. Und ich fürchte, daß ich meine Schwäche verschuldet haben könnte durch nicht genügende Konzentration meines ganzen Wesens. Wie oft schweiften meine Gedanken ab und nahmen einen ganz gewöhnlichen Flug – dachten an Kleinigkeiten und unbedeutende Verhältnisse. Das macht mich traurig. Ich war nicht immer so ganz von Ehrfurcht vor dem Großen angefüllt – wie ichs stets hätte sein sollen.«

»Es soll«, sagte Biba, »doch wohl auch Ruhepausen geben. Wir dürfen uns nicht zu heftig anstrengen. Wir müssen doch auch mit unsern Kräften Maß halten.«

»Vielleicht«, versetzte Lesa rasch, »ging es dem Stern, den wir Pallasrumpf nennen, mal auch so. Und vielleicht kam dann das kometarische Kopfsystem und erweckte langsam wieder den sogenannten Sternenrumpf. Und darum mußten wir den Turm bauen.«

»Ich glaube«, versetzte Biba rasch, »daß es wirklich so ist. Und deshalb kannst Du ruhig wieder Mut fassen.«

»Ich wills versuchen«, sagte Lesa.

Und dann saßen die Beiden still da, und Biba legte seine rechte Hand in Lesas Linke und drückte die Hand.

Als es Nacht wurde, waren die letzten vierundvierzig Stangen allesamt ganz hoch oben.

Und die große Laterne leuchtete in die Nacht hinein.

Und Lesa bat den Biba, dafür zu sorgen, daß alle Pallasianer unten in dieser Nacht schliefen – damit sie frisch sein könnten am großen Morgen.

Und man tat, wie Lesa wollte.

Nur Sofanti blieb bei dem Lesa und öffnete ihm die Klapptüren, sodaß er in die oberste Kammer kommen konnte.

»Darf ich nicht bei Dir bleiben?« fragte der Sofanti darauf.

Aber Lesa sagte still:

»Laß mich jetzt allein. Und morgen früh leiste mir den letzten Dienst. Ich muß mich sammeln. Ihr werdet hören von mir – durch Biba – wenn ich mich hörbar machen kann. Das weiß ich ja noch nicht.«

Da strich Sofanti sanft über Lesas Kopfhaut und ließ ihn allein und begab sich auch nach unten auf die große Ampel, wo er bald einschlief – denn er hatte in der letzten Zeit mehr gearbeitet als alle andern Pallasianer.

Einundzwanzigstes Kapitel

Lesabéndio ist oben in seiner einsamen Kammer und bereitet sich auf das Kommende vor. Er verliert schließlich alle Furcht und findet alles, wies auch kommen mag, nicht mehr furchtbar – auch die gänzliche Vernichtung nicht. Dann wird das letzte Stockwerk am nächsten Morgen aufgerichtet, während alle Pallasianer lautlos zusehen. Mit der Lichtwolke gehen die kolossalsten Veränderungen vor. Sie zerreißt schließlich in der Mitte, und gelbe Lichtschlangen werden sichtbar, in denen Lesabéndio verschwindet.

In einer seltsamen Kammer war der Lesa. Hundert Meter war sie hoch. Von vierundvierzig Wänden war sie fast kreisförmig umschlossen – ganz regelmäßig. Boden und Decke waren ganz glatt. Und alles bestand aus bunten Häuten. Vor den vierundvierzig Wänden sah man Tausende von elektrischen Lichtern in die Nacht hinausstrahlen. Auch nach innen waren sie von bunten Häuten verdeckt, sodaß auch innen alles ganz bunt leuchtete.

Aber ganz kahl sah der große bunte Raum aus.

Und es war einsam hier.

Lesa saß auf dem Boden in der Mitte – vornüber gebeugt und ganz klein. Er blickte scheu umher und empfand das Kahle und Einsame des Raumes und wollte sich zerstreuen; er wollte lesen und tastete nervös mit den Fingern seiner feinen rechten Hand an seinem Halse herum – und er fand sein Halsband nicht.

»Ach so!« sagte er leise nach einer guten Weile, »das Halsband hab ich ja nicht mehr, das hab ich ja dem Biba geschenkt. Es ist das Einzige, was ich unten auf dem sogenannten Pallas-Rumpf zurücklasse. Peka ließ mehr zurück – große Ateliers und große Fundamente und ein großes Modell.«

Und nun war dem Lesa plötzlich, als wäre er nicht mehr allein; es ging ein so feines Surren durch den Raum.

»Bist Du es, Peka?« fragte er laut.

Und ihm war dabei so, als würde er etwas höher gehoben; er fühlte an seinem Saugfuß den Boden nicht mehr.

Und an seiner Kopfhaut fühlte er prickelnde Zweige, und er rief plötzlich:

»Bist Du auch da, Manesi?«

Doch da ward es ganz still. Die vielen elektrischen Lampen leuchteten wie vordem, und er fühlte wieder die Bodenhaut unter seinem Saugfuß.

»Die Rätsel des Lebens«, sagte er mit harter Stimme und nach oben gerichtetem Gesicht, »kann man wohl sehr ernst nehmen. Es ist aber wohl nicht nötig, wenn man sie immerzu sehr ernst nimmt. Man kann sie auch mal sehr lustig nehmen. Dadurch werden sie ganz bestimmt nicht unbedeutender. Es ist wohl nicht nötig, immer sehr ernst zu sein. Und grade, wenn man Abschied nimmt von alten Zuständen, dann könnte man wohl ganz besonders lustig sein. Jedenfalls wird die Veränderung der Lebensform doch einige Rätsel lösen. Und das kann uns doch ganz heiter stimmen. Man könnte sogar lachen, daß man so voll Bangen ist – da man nicht weiß, wie es kommen wird – ob es enden wird oder nicht. Daß man das nicht weiß – das ist doch nicht traurig. Man könnte darüber auch lachen.«

Er lachte aber nicht. Er befühlte seine durchsichtigen Hände.

Er dachte an die große Sonne und an das gewaltige Planetensystem und an den Asteroïdenring.

»Wenn ich das könnte!« rief er plötzlich begeistert, »die vielen Asteroïden, die so verschieden voneinander sind, einander zu nähern! Wenn ich das könnte! Oben! Aber – weiß ich, ob ich oben noch weiß, daß ich jemals etwas wollte? Wenn nun oben Alles zu Ende geht mit mir – dann lebe ich nicht mehr – empfinde nichts mehr von der Sonne und ihren Bewunderern. Dann ist Alles aus. Ist das traurig? Ist das zu beklagen, wenns mit mir kleinem Wurm für immer zu Ende ist? Muß ich nicht froh sein, daß es mir mal vergönnt war, hineinzublicken in ein großes Weltgetriebe, das viel größer ist als alles Andere, das mir nahe kam? Und – kanns mir nicht gleich sein, wies kommt? Wenn in ein paar Stunden alles aus ist – so kann ich doch nicht dafür. Warum bin ich traurig, wenn ich denke, daß alles aus sein könnte – da oben?«

Er breitete beide Arme weit aus und reckte sich hoch auf – so hoch er konnte – vierzig Meter hoch. Und er blickte hinauf zur Decke und schrie:

»Ich weiß nicht, ob ich noch etwas erleben werde. Aber darum bin ich nicht traurig. Ich will lachen.«

Er lachte aber abermals nicht.

Langsam wurde Lesa wieder kleiner.

Und als er ganz klein geworden, lächelte er und sagte:

»Daß ich wieder klein wurde, finde ich so lustig. Vielleicht werde ich so klein oben wie ein Quikkoïaner. Und die sind immer lustig. Sie freuen sich, solange sie sich freuen können. Warum soll ich mich nicht auch freuen? Und wenn ich noch viel kleiner würde, – ich würde mich auch freuen. Wenn nur das Große groß bleibt. Und das bleibt doch groß. Der unendliche Raum kann nicht so klein werden wie ein Punkt. Ich aber kanns. Und daß ich das kann, ist auch etwas Großes. Jetzt muß ich doch lachen.«

Und er lachte ganz leise ein wenig. Und dann lachte er immer mehr und immer lauter. Und er lachte so laut, daß die vierundvierzig Wände zitterten. Und er bemerkte das. Und er lachte noch einmal laut auf und war dann ganz still.

Da wars ihm so, als hörte er an allen Ecken und Enden immerzu leise lachen und kichern, und er rief:

»Warum lacht Ihr auch? Lacht Ihr über mich?«

Er horchte.

Doch jetzt hörte er nichts mehr.

Schon lange vor Anbrach des großen Morgens waren alle Pallasianer wieder hoch oben in der Turmlaterne. Und alle hatten dunkle durchsichtige Hautlappen oben an der Kopfhaut befestigt, sodaß sie die Teleskopaugen vor dem Glanz der Lichtwolke schützen konnten; während die Kopfhaut die Augen seitlich schützte, verdunkelten vorn angeheftete dunkle durchsichtige Hautstücke das grelle Licht der Wolke.

Als nun die Wolke sich nach oben zog und oben wieder zu blenden begann, begaben sich alle auf die obersten Balkons des Turms, und die Stangen des letzten Stockwerks drehten sich langsam mit ihren Hautstücken ganz gleichförmig nach oben, sodaß die Stangenspitzen einen Halbkreis beschrieben.

Nur Sofanti befand sich mit einigen Freunden im Innern der Laterne, um die Haut, auf der Lesabéndio saß, in der Mitte rechtzeitig zurückziehen zu können. Das ganze oberste Stockwerk mußte auch im Innern nach oben befördert werden. Sobald es oben angekommen war, riß durch einen einfachen Mechanismus die Decke in dem Raume, in dem der Lesa saß, auseinander, sodaß dieser von seiner Bodenhaut aus wie von einem Sprungtuch aus in die Höhe geschnellt werden konnte.

Alles war sorgfältig vorbereitet. Das Funktionieren der mechanisch arbeitenden Wandrollen hatte man schon in den unteren Stockwerken ausgeprüft, sodaß alles im richtigen Momente klappen mußte.

Keiner sprach oben ein Wort.

Draußen sah man lautlos zu, wie sich die Stangen langsam und bedächtig gleichmäßig nach oben drehten.

Auch Sofanti mit seinen Leuten im Innern schwieg.

Und von Lesa war nichts zu hören.

Als nun die Stangen immer höher kamen, sah man, daß die Wolke immer unruhiger wurde; große schwarze und graue Flecke bildeten sich in der leuchtenden Masse, und sie wurde am Rande, der sonst kreisförmig wirkte, unregelmäßig.

Dann bildeten sich elektrische Wirbel in den schwarzen und grauen Flecken. Die Wirbel rollten sich spiralförmig zusammen und sandten zuckende Wirbelblitze herum.

Danach erschienen am Rande große blaue, rote und grüne Kugeln, die sich fabelhaft schnell drehten und sich oben abplatteten, sodaß viele fast zu Scheiben wurden.

Die Erregung der Pallasianer stieg von Sekunde zu Sekunde.

Und die Stangen kamen immer höher.

Die schwarzen Flecke in der Lichtscheibe wurden plötzlich dunkelviolett, und die grauen Flecke wurden hellbraun.

Und nun wurden die Flecke immer größer, sodaß die Wolke schließlich nur noch ein seltsames Licht ausströmte, das sich aus Hellbraun und Dunkelviolett zusammenmischte.

Violette zitternde Scheinwerfer – wie Kometenschweife – schlugen nach unten und umzitterten die Spitzen der Stangen, die immer höher kamen.

Lesabéndio sah von alledem nichts. Er saß ganz still.

Und es wurde ganz finster in seiner Kammer

Er versuchte mehrmals, sich aufzurecken.

Aber er fiel immer wieder kraftlos zurück.

Er blickte jetzt nach oben und sah, daß die Decke seiner Kammer dunkelviolett leuchtete – bald heller und bald dunkler.

Dann entstand draußen ein furchtbares Geschrei.

Die Spitzen der Stangen berührten die Wolke, und die Wolke begann zu zittern.

Ein furchtbarer Donner wurde hörbar.

Und die ganze Wolke begann, an den Rändern zu blitzen.

Danach gab es einen Knall.

Und die Mitte der Wolke, die ganz dunkelviolett leuchtete, bekam plötzlich einen Riß, der gelb aussah und unregelmäßig wurde.

Gleichzeitig berührten die Spitzen der Stangen den violetten Teil der Wolke, und diese fing an, sich zu heben und zu senken – und dann immerzu auf und ab zu flattern.

Lesa fühlte plötzlich, daß neue Kräfte in ihm wuchsen – er konnte sich aufrecken – immer wieder noch ein Mal – und schließlich ganz hoch – fast fünfzig Meter hoch. Und er wollte springen.

Dann entstanden in der Mitte der Wolke immer mehr Risse.

Das Gelbe sandte mächtig glänzende Strahlen aus.

Und die Stangen gingen in das Gelbe hinein.

Und die Häute umschlossen das letzte Stockwerk – mit einem Ruck – alle Teile der Maschinen funktionierten so, wie man es gedacht hatte.

Danach riß das Mittelstück der Wolke ganz und gar auseinander. Und die violetten äußeren Teile traten weit zurück, und die ganze dunkelviolette Wolke trat immer weiter zurück und bildete einen dunkelviolett leuchtenden, unregelmäßig gebildeten Ring.

Und wo früher die Wolke war, sah man jetzt nur ein wogendes Lichtmeer von gelben Schlangenleibern, die auch leuchteten.

Und die Pallasianer, die an den äußersten Rändern der obersten Balkons saßen, sahen, daß Lesabéndio ganz lang wie eine lange braune Stange hineinschoß – in das wogende Meer der gelben leuchtenden Schlangenleiber.

Und die Schlangenleiber zitterten.

Und Lesabéndio verschwand.

Und ein karminroter Fleck bildete sich im Gelben und ward immer größer.

Sofanti sah zuerst diesen roten Fleck.

Zweiundzwanzigstes Kapitel

Es wird geschildert, was Lesabéndio im Kopfsystem des Pallas empfindet. Er kann anfangs nichts hören und nichts sehen, bemerkt dann aber, daß er ganz neue Sehorgane bekommt, mit denen er das ganze Planetensystem und besonders die Sonne ganz anders sieht als bisher. Lesa empfindet den größten Rauschzustand und hört schließlich, was die Sonne für die größte Weisheit hält – und warum die Planeten die Sonne umkreisen. Dazwischen wird berichtet, was sich unten auf dem Pallas-Rumpf ereignet.

Aus Gasen bestanden die gelben Lichtschlangen oben. Und Lesabéndio wurde geblendet von den gelben Lichtschlangen, Er sah nichts mehr. Er fühlte nur, daß sein ganzer Körper zerging und – sich ausbreitete – weithin nach allen Seiten.

Er wollte schreien, aber brachte keinen Ton hervor. Er sah nichts und hörte nichts. Ihm war so, als ginge ein feines Kribbeln durch sein ganzes Wesen – doch das ging so weit nach allen Seiten fort.

»Ich lebe noch!« wollte er rufen.

Doch es blieb alles still, und er fühlte nur, daß er bemerkte, wie Fernes herankommen wollte.

Ihm war so, als gingen überall auf allen Seiten von ihm feine Fühlfäden aus – ganz feine. Und die wurden immer länger, immer länger. Und die fernen Spitzen seiner Fühlfäden wurden empfindlich, und sie umfühlten, wie er glaubte – große feine zitternde Glasschalen. Und die Spitzen der Fäden verbanden sich mit den Glasschalen und wurden zusammen zu großen, sich ausbreitenden Glaskugeln, durch die er plötzlich alles im Sonnensystem viel viel größer sah als bisher.

Nun sah er wieder durch die großen Glaskugeln, und er konnte die Kugeln beliebig vergrößern und verkleinern. Und er konnte ihnen auch andre Formen geben, konnte sie heranziehen und weit vorstoßen. Und er fühlte nirgendwo ein Hemmnis.

Da sah er nun die anderen vielen Asteroïden ganz nahe, und dann – auch die Sonne – ganz nahe.

»Wenn das der Biba könnte!« wollte er wieder rufen –

Aber alles blieb still in seiner Nähe. Er fühlte nur, daß er sich langsam drehte.

»Von meiner nächsten Umgebung«, sagte er langsam in Gedanken, »kann ich leider nichts erkennen. Doch – ich will nicht wissen, warum ich das nicht kann. Das Ferne bemerke ich – das ist mir genug.«

Und da wars ihm so, als würde er von leichten Wolken umschwebt – und die Wolken drückten sich leicht in ihn hinein – bald heftiger und bald leiser.

Er fühlte hin und glaubte plötzlich eine Drucksprache zu verstehen.

Und die sagte:

»Lesa, bist Du bescheiden! Du bist ja immer mit dem zufrieden, was Dir geboten wird. Ich, der Drückende, will mehr als das, was augenblicklich möglich ist. Ich will kristallinische Formen in Gasform – kantige Säulen in Gasform – und Oktaeder und Prismen und noch mehr Kantiges – alles in Gasform.«

Lesa wollte lächeln, und er wollte sagen:

»Peka, ich erkenne Dich schon.«

Aber er konnte nicht lächeln, und durch Wolken konnte er sich nicht verständlich machen.

Er fühlte, daß auch Manesi nicht weitab war – auch mit unmöglichen Dingen. Manesi redete durch dicke Gasfäden, die bald langsam, bald schneller in der Nähe des Lesa hin- und hergezogen wurden.

»Gasblumen!« verstand er.

Und dann verstand er noch:

»Gasschlangen sind leicht vorstellbar – aber Gasranken mit Gaszweigen, die hin und her schwanken – von magnetischen Winden bewegt – das ist mehr – mehr.«

Dann wurde dem Lesa diese seltsame Sprache ganz unverständlich.

Und er fühlte wieder in den Enden der langen Fühlfäden ein Zucken und Ziehen.

Und er sah wieder durch die Glaslinsen in den Spitzen seiner Fühlfäden die große Welt in der Ferne.

Auf den oberen Stockwerken des Nordtrichterturms flog währenddem alles wie durcheinander – Alle sprachen – und Keiner hörte auf den Andern.

»Jedenfalls«, sagte Biba, »ist er oben geblieben. Er ist also vom großen Kometensystem aufgenommen, wie er von uns hätte aufgenommen werden können.«

Und nun fragten sechs Andre:

»Lebt er aber noch?«

»Das wissen wir«, sagte Biba ernst, »heute noch nicht. Wir wissen auch noch nicht, ob Peka und Manesi und alle die Andern, die nicht mehr unter uns sind, heute noch leben. Aber – wir haben das Kometensystem oben gesehen. Wir könnens jetzt noch sehen. Ein rotes Auge blickt unheimlich in unsre Turmlaterne hinein. Das ist das größte Ereignis unsres Lebens. Jetzt wird sich vieles verändern. Mich verläßt die Ruhe.«

Den andern Pallasianern kam auch die Ruhe abhanden, denn die dunkle Nacht blieb zunächst aus; die Spinngewebewolke kam abermals am Abend nicht wieder runter; sie zog sich immer weiter nach allen Seiten auseinander und bildete oben einen großen grauen unregelmäßigen Kranz.

Darum blieb die Nacht hell.

Allerdings: die Helligkeit des gelben sichtbaren Kopfsystems wurde immer schwächer und erreichte bald nicht mehr den zehnten Teil der von der Lichtwolke ausgeströmten Helligkeit.

Und so war auch der Tag viel dunkler als bisher.

Der rote Fleck blieb und sendete wie ein feiner Scheinwerfer einen karminroten Lichtkegel senkrecht in die Laterne hinein. Die Spitze des Lichtkegels traf die Mitte der Manesi-Ampel.

Dämmerung herrschte auf dem Nordtrichter des Pallas auch am Tage. Der Südtrichter blieb am Tage so dunkel, daß man kaum dreihundert Meter weit sehen konnte.

Und so ließ man auch am Tage alle elektrischen Lichter brennen.

Die Dämmerung wirkte unheimlich.

Niemand wußte, was daraus werden konnte.

Wer schlafen wollte, begab sich auf die Pilzwiesen, die Manesi in den großen Höhlen des Pallas angelegt hatte.

Währenddem fühlte Lesa oben keine Spur von Unruhe. Da er nichts hören konnte, fühlte er in seinem Innern eine große Stille. Das Naheliegende vergaß er, er vergaß auch den ganzen Stern Pallas. Dagegen wurden die neuen Kugelaugen, die er an seinen feinen Fühlfäden entdeckt hatte, immer empfindlicher. Aber diese Empfindlichkeit machte garnicht unruhig.

Mit seinen neuen Augen sah der Lesa ringsum die vielen Asteroïden ganz deutlich.

Und er wunderte sich.

»So verschiedenartig«, sagte er in Gedanken zu sich selbst, »habe ich die Asteroïden garnicht für möglich gehalten.«

Und viele Asteroïden sah er dicht neben den größeren Planeten – auch am Jupiter und hinter dem Saturnringe – und auch neben den Planeten, die der Sonne näher waren als der Pallas.

»Und welche große Zahl«, sagte er weiter in Gedanken, »umkreist die Sonne! Das sind ja Millionen. Die alle zusammen in einem Ringe vereinen – das geht ja garnicht. Und der eine läuft rasend schnell – und der andre ganz langsam.«

Er bewunderte besonders diejenigen Asteroïden, die den nächsten Planeten, der der Sonne näher war als er, umkreisten. Diese Kleinen rasten so schnell dahin, daß er nicht wußte, wie sie so schnell sein konnten und warum.

Und der Lesa fühlte, daß er sich drehte, ohne es zu wollen.

Es kam ihm dann so vor, als wäre er dicht vor dem Einschlafen. Und es überkam ihn ein wohliges seliges Gefühl, wie er es niemals empfunden hatte.

Ein ganz neuer stetiger, nicht veränderlicher Rausch schien ihn zu umhüllen. Es war kein Traum, es war auch kein Wachen.

»Vielleicht ist das doch ein Zustand ewiger Seligkeit!« dachte er.

»Und dann«, fuhr er in Gedanken fort, »beinahe verstehe ich jetzt, warum sich die meisten Sterne immerzu drehen. Es liegt etwas Berauschendes in der steten Drehung eines runden Dinges – eine runde Kugel wirkt am schnellsten berauschend. Deswegen haben wohl auch so viele Sterne Kugelform. Sich drehende Räder wirken auch so berauschend – schon in den Gedanken. Wenn man immerzu an sich drehende Räder denkt, so setzt uns das in einen Rauschzustand, wie er größer garnicht gedacht werden kann. In den drehenden Rädern steckt das größte Geheimnis unsres Planetensystems.«

Und er dachte an alle die Kreise, die von den Planeten um die Sonne gezogen wurden. Die Kreise wurden zu Rädern, und Lesas Gedanken verwirrten sich. –

Biba saß nun in seiner einsamen Klause am äußeren Rande des Pallasrumpfes.

Biba starrte mit ganz weit vorgestreckten Augen in die ferne grüne Sonne.

»Ob jetzt der Lesa«, sagte er still, »schon mehr weiß von der Sonne als wir? Der größte Mut führt doch immer am weitesten. Wie kommt es nur, daß ich den großen Mut, den der Lesa hatte, nicht besaß – und auch nicht besitzen werde – wie kommt das nur?«

Er dachte so lange nach darüber, bis er fühlte, daß er müde wurde.

Lesa sah ganz große sich drehende Schlangenleiber in der Ferne – und die waren alle in einer durchsichtigen Kugel. Und die Kugel drehte sich langsam um sich selbst.

»Ist das das Innere eines Sterns?«

Also wollte er fragen.

Aber er sagte sich gleich:

»Warum soll ich fragen? Ich bekomme ja doch keine Antwort. Bekäme ich nur mal eine Antwort! Aber man fragt so oft, während man sich sehr leicht selber eine Antwort geben kann. Ob ich träume oder wache – das ist doch auch ganz gleichgültig. Ich wills garnicht wissen. In meinem Zustande ist zwischen Träumen und Wachen ganz bestimmt kein großer Unterschied.«

Und ihm war so, als sähe er in das Innere vieler Sterne – und er staunte.

»Wenn das der Biba könnte!« dachte er, »wie würde der sich freuen! Doch es ist zu viel zu sehen. Besonders in der Sonne! Daraus wird man nicht so schnell klug. Es ist da Alles so kompliziert, daß ich wohl begreife, warum die vielen Planeten immerzu um die Sonne kreisen; sie wollen das sehen, was sie noch niemals gesehen haben – das Neue – das Kolossale – das Überwältigende. Das Überwältigende erzeugt immer so wie die Kugeln und Räder – diese Symbole des Unendlichen – den allergrößten Rausch. Das Erkennen erzeugt nicht den größten Rausch. Wenn das doch alle Wesen erkennen könnten – dieses Erkennen dessen, das nicht erkannt werden will und garnicht erkannt werden soll.«

Wieder verwirrten sich Lesas Gedanken.

Er fühlte nur, daß er sich immerzu drehte, und empfand einen seligen Rauschzustand. Und er freute sich darüber.

Dann – kams ihm so vor – als spräche was neben ihm – in einer geheimnisvollen Zeichensprache. Und ihm war so, als verstände er die Zeichensprache.

»Du willst wissen«, glaubte er zu vernehmen, »warum die Planeten die große Sonne umkreisen. Oh – sie ist nicht nur groß – sie ist auch so gütig! Das ist das Wichtigste. Sie gibt Licht und Wärme in Hülle und Fülle. Sie ist tätig für alle, die sie umkreisen. Ihre Tätigkeit für die Andern – das ist ihre Güte. Sie belebt alles – auch das Kopfsystem des Pallas – und Dich, Lesa, ebenfalls. Fühlst Du nicht, was die große Sonne denkt?«

Lesa sammelte sich und schaute mit seinen neuen Sehorganen ganz heftig in die Sonne hinein, und da wars ihm so, als spräche die große Sonne zu ihm. Er horchte – Und er hörte, daß sie sprach. Aber er verstand nicht, was sie sprach. Da wurde er traurig.

Dann vernahm er deutlich abermals Worte in seiner Nähe – sie sagten:

»Eine der größten Weisheiten unsrer großen, eigentlich nicht so ganz gütigen Sonne ist die, daß nur Schmerz und Qual als die größten Glückserzeuger bezeichnet werden dürfen. Wir haben kein Recht, uns vor dem Entsetzlichen zu fürchten. Das Entsetzliche führt uns doch immer weiter. Es wandelt uns um. Und wir sind nicht imstande, uns umzuwandeln, wenn wir Schmerz und Qual fliehen. Höre nur, was die Sonne Dir jetzt sagen wird!«

Und Lesa hörte nach einer Weile klare Töne und dann diese Worte:
»Fürchtet nicht den Schmerz – und fürchtet auch nicht den Tod.«

Dreiundzwanzigstes Kapitel

Die Sofanti-Musik verstummt. Und oben auf dem obersten Stockwerk verbinden sich die Lichtstrahlen des Kopfsystems mit der Turmlaterne. Lesa sieht immer mehr von dem Innern der Sterne und von dem, was sie wollen. Der karminrote Lichtkegel geht durch den ganzen Stern Pallas hindurch. Und dann wird der Stern Quikko Mond des Pallas. Lesa kann sich dem Biba verständlich machen. Die Pallasianer wohnen nur noch auf der Außenseite des Pallas-Rumpfes und bauen mit Hilfe der Quikkoïaner große Teleskope. Das Kopfsystem strahlt große Kometenbüschel aus, und die Spinngewebewolke leuchtet so hell wie einst.

Da die Lichtwolke nicht mehr des Nachts herunterkam, war auch die Sofanti-Musik in den Häuten des Centrums nicht mehr zu hören. Anfänglich wurde das nicht beachtet. Als Sofanti darauf aufmerksam machte, schüttelte man mit dem Kopf, hielt das aber für ganz natürlich.

»Wir werden noch«, sagte der Nuse, »das Ungeheuerlichste für ganz natürlich halten. Alle meine Lichttürme sind für die dunkle Nacht berechnet gewesen – jetzt leuchten sie am Tage, der allerdings mehr ein Abend genannt werden muß. Die grünen Sterne bleiben immer für uns sichtbar. Ein Zwielicht wird durch die Lichttürme in der Dämmerung erzeugt. Das ist so köstlich, daß ich behaupten möchte: wir haben etwas Köstlicheres noch nie erlebt.«

»Die Sterne«, sagte Dex, »sind uns jetzt, wie mir deucht, viel näher als bisher. Wir sollen uns wohl mehr um sie kümmern.«

Sofanti aber sagte dazu:

»Wenn soviel wie jetzt auf unserm Pallas sich ereignet, so können wir uns vorläufig noch nicht um die Sterne bekümmern. Kommt rasch hinauf in die Laterne. Ich habe da wieder etwas Neues entdeckt.«

Und die beiden Andern folgten dem Sofanti auf den flinken Band- und Seilbahnen des Turms hinauf in die Laterne. In der leuchtete der karminrote Lichtkegel. Und sie bemerkten, daß der Lichtkegel viel breiter war.

Nun führte Sofanti den Dex und den Nuse in dem letzten Stockwerk durch die Seitenklappen hinaus auf einen Balkon, und da sahen die Drei, daß sich die gelben leuchtenden Schlangenleiber, die man oben im Kopfsystem entdeckt hatte, in ganz merkwürdigen Knoten um den oberen Teil des obersten Stockwerks herumgeschlossen hatten.

»Jetzt hat sich«, sagte der Dex rasch, »das Kopfsystem unlöslich mit dem Rumpfsystem des Pallas verbunden. Jetzt wird Niemand mehr sagen, daß wir den Turm zwecklos gebaut haben. Dazu also haben wir soviel Kaddimohnstahl verarbeiten dürfen. Wir haben getan, was Rumpf und Kopf unsres Sterns zusammen wollten.«

Als das bekannt wurde, kamen Alle hinauf und staunten das neue Wunder an.

Lesa empfand nun oben immerfort ganz neue Dinge im Planetensystem. Er konnte garnicht alles erfassen. Er sah in das Innere der Planeten hinein und sah, wie heftig sie lebten – wie sie immerzu bemüht waren, den Bewegungen des Sonneninnern zu folgen. Und dieses glühte so heftig, daß Lesa nicht wußte, was er zuerst sehen sollte. Er fühlte sich einsam und wollte einen Führer.

Kaum hatte er das gewollt, so vernahm er ganz fremde Töne – und er verstand sie – sie sagten:

»Nur ganz allmählich wirst Du mehr von unserm großen Sonnenleben begreifen. Die Asteroïden kamen hierher in großen Scharen, als sie sahen, daß große Planeten die Sonne umkreisten. Wir verstehen selber noch recht wenig von den innern Zusammenhängen. Jedenfalls wissen wir jetzt, daß hier nicht Rücksicht auf die kleinsten Dinge genommen wird. Wir müssen uns daran gewöhnen, daß Vieles an die Seite geschoben wird, damit Wichtigeres Platz bekommt. Das führt zu manchen Brutalitäten. Darüber wird immerzu zwischen der großen Sonne und ihren kleineren Trabanten verhandelt. Was die größeren Planeten, die nach uns kamen, mit der Sonne zusammen überlegen, das wissen wir nicht. Vom Jupiter wissen wir wenig. Einzelne Asteroïden umkreisen deshalb den Jupiter.«

Lesa fühlte einen stechenden Schmerz in dem einen seiner glaskugelartigen Sehorgane – und er sah damit nichts mehr. Er wollte auch nichts mehr sehen.

In der Laterne des Lichtturms gabs bald noch eine größere Neuigkeit: während das gelbe Licht der Schlangenleiber schwächer wurde und diese fast vollständig zur Ruhe kamen, verbreiterte sich der rote Lichtkegel zusehends, sodaß er unten bald breiter als die Ampel war und nun nach unten ging durch das Centralloch durch.

Und dabei wurden die Kaddimohnstahlstangen des kleinen Modellturms unten blendend weiß.

Dex befürchtete, daß der Stahl durch das Licht angegriffen werden könnte, er untersuchte den Stahl, fand aber nichts, was ihn beunruhigte. Dagegen merkte er, als er sich längere Zeit dem karminroten Lichte ausgesetzt hatte, daß sein Körper in eine ihm ganz neu erscheinende Erregung versetzt wurde; er sprach danach so lebhaft, daß sich die meisten Pallasianer sehr bald aus seiner Nähe zurückgezogen – nur Biba hielt es aus. Und er flog auch in das rote Licht, und er fühlte dieselbe Erregung.

Nun sagten aber Beide, daß die neue Erregung keineswegs unangenehm wirke – das Licht sei vielmehr belebend. Und so begaben sich bald alle Pallasianer in den roten Lichtkegel, und der durchleuchtete nun auch den Südtrichter des Sterns und leuchtete unten ganz weit über den südlichen Trichterrand hinaus. Und man sah, daß der Strahl einen kleinen Stern traf.

Durch Spiegel versuchte man das rote Licht abzulenken. Und – wo das abgelenkte Licht den Stein der Trichterwände traf, da leuchtete der Stein dunkelviolett und in wundervollem Glänze.

Nuse bemerkte, daß dagegen seine Lichttürme fast verblaßten. Und man beschloß, die Spiegel nicht zu oft so zu stellen, daß das rote Licht seitwärts abgelenkt wurde. Schließlich lenkte mans nur im Südtrichter ab, wo die Lichttürme nicht mehr erleuchtet wurden. –

Lesa aber erinnerte sich plötzlich, daß er ja dem Biba versprochen habe, ihm ein Zeichen zu geben. Und der Biba saß in seiner stillen Klause und dachte fortwährend an seinen verschwundenen Lesa. Und plötzlich sieht der Biba, daß seine Höhle hell aufleuchtet – in ganz zartem blaugrünlichem Licht; einer von Lesas Fühlfäden ist dorthingelangt – mitten durch den Felsen durch. Lesa sieht den Biba; der Kopf seines Fühlfadens ist nicht aus gewöhnlichem Glas geformt – nicht zerbrechlich – der Kopf ist ein ganz besonderes Glas, das für die Augen der Pallasianer nur als blaugrünlicher Lichtschimmer bemerkbar ist.

Lesa will dem Biba etwas sagen, und es gelingt dem großen Kometenkopfbewohner, seine Gedanken auf den Biba ohne weiteres zu übertragen.

»Lebt«, sagte der Lesa, »auf der Außenrinde des Pallas-Rumpfes, der lebt jetzt mit dem Kopfsystem zusammen – und wieder mit den anderen Asteroïden zusammen – mit dem ganzen Planetensystem und auch mit dem Sonnensystem zusammen. Das sollt Ihr auch. Lebt draußen, macht Euch große Teleskope. Die Quikkoïaner werden Euch helfen. Ihr werdet immer mehr entdecken. Ich entdecke auch immer mehr. Es geht nicht sprungweise. Ihr könnt Euch nur allmählich entwickeln. Auch die Sterne entwickeln sich nur allmählich. Ich bin noch kein Stern. Ich komme aber immer weiter. Schon ahne ich etwas von dem, was im Innern der Sterne vorgeht. Die Sonne ist für mich noch viel zu groß. Aber auch die andern Planeten sind noch immerzu zu groß für mich. Das vergeßt nicht. Wir müssen alle zusammen dasselbe große Ziel im Auge behalten. Vergiß den Lesa nicht.«

Danach wars dunkel. Und Biba schrie:

»Ich danke Dir, Lesa!«

Und dann stürmte er hinaus und erzählte Allen, was er erlebt hatte.

Und da legten die Pallasianer auf der Außenseite des Pallas-Rumpfes Pilzwiesen an, und sie schliefen auf diesen Pilzwiesen. Und wenn sie erwachten, starrten sie mit lang ausgestreckten Augen in die grünen Sterne.

Die Quikkoïaner aber dachten darüber nach, wie sie große Teleskope bauen könnten.

Und Lesa freute sich oben, daß es ihm gelungen war, sich den Pallasianern verständlich zu machen – und daß sie wieder taten, wie er gebeten hatte.

Und dann gingen Lesas große Weltaugen wieder zur Sonne hin und zu den Planeten, die der Sonne näher waren als der Asteroïdenring.

Lesa bemerkte, daß alle rücksichtslos immer tiefer eindringen wollten in große Geheimnisse, die für ihn noch unverständlich waren. Aber Lesa wurde mitgerissen von dem stürmischen Vorwärtsstreben der Sterne. Und ihn packte eine große Wildheit.

»Ich will auch weiter«, rief er in seinen Gedanken, »wenn ich auch nicht weiß, wohin es führt. Aber es geht ein Trotz durch die Planeten. Sie wollen nicht mehr am Kleinlichen haften bleiben; sie wollen alle nur das Große, Gewaltige. Und das hat nicht träge Ruhe in sich. Da löst sich die schlaffe Seligkeit auf. Und man wird Vulkan – Welterschütterung – tosender Sturm – und berauschender Lichttrubel. Was kommt es darauf an, ob ich lebe oder nicht lebe. Wenn nur der Stern mit mir, in mir lebt – ein Weltenleben. Schwer ist es. Aber durch das Schwere kommt man zu den größten Seligkeiten. Die schlaffen Pausen müssen überwunden werden. Schneller muß sich alles drehen, damit man mehr aufnimmt. Wieder kommt der Rausch, den die ewige Drehung erzeugt – die sich drehenden Kugeln und Räder ersticken das Kleinliche. Vorwärts! Nicht den Schmerz fürchten! Nicht den Tod fürchten! Die Kugeln! Die Unendlichen! Die Räder! Die Kreise! Die Kreise!«

Und Lesas Gedanken verwirrten sich wieder, und er empfand nur noch eine stürmische Seligkeit.

Da sahen die Pallasianer plötzlich den Stern Quikko näher kommen.

Nax und die Seinen jauchzten.

»Er wird«, rief der kleine Nax, »Mond des Pallas.«

Und so geschah es.

Und die Pallasianer nahmen die zehn kleinen Quikkoïaner und ließen sich hinschnellen durch Seile – zum Stern Quikko – auch Biba flog hin.

Und da gab es ein großes Wiedersehen. Und die Quikkoïaner lösten vorsichtig einige Quallenstücke von ihrem Stern los. Und mit diesen Quallenstücken flog man zurück und baute auf der Außenseite des Pallasrumpfes viele Teleskope.

Und während der Stern Quikko neugierig den Pallas, auf dem jetzt Kopf und Rumpf immer intensiver zusammenwuchsen, umkreiste – flogen die Pallasianer oft hinüber zum Quikko.

Und die Quikkoïaner flogen zum Pallas oft hinüber.

Und es entstand auf dem Pallas ein ganz neues Leben – und auf dem Quikko ebenfalls.

Lesa empfand immer mehr, daß er nicht mehr so empfand und dachte wie einst. Es ging das Streben des Kometensystems allmählich immer heftiger in ihn hinein.

»Wir wollten ja«, vernahm er da, »auch mal zur Sonne. Aber wir blieben am Pallas hängen. In dem war noch so viel Kraft. Aber der große Asteroïd schlief. Und jetzt haben wir ihn wieder erweckt.«

Lesa teilte dem Biba gleich mit, was er vernahm und sagte ihm:

»Wenn wir nur wüßten, was die Kometen jetzt wollen.«

Da sahen die Pallasianer und die Quikkoïaner, daß das Kopfsystem sehr unruhig wurde. Mächtige Kometenbüschel strahlten nach allen Seiten aus dem Kopf System heraus.

Und die Spinngewebewolke wurde wieder glänzend wie einst. Und der Kranz leuchtete mächtig. Und Funken sprühten in dem Kranz herum, daß er noch heftiger leuchtete.

Ganz allmählich wurde das Leuchten und das Funkensprühen schwächer.

Lesa blickte mit allen seinen Augen hinab.

Und man sah auf dem Pallas an vielen Stellen einen blaugrünlichen Lichtschein.

Vierundzwanzigstes Kapitel

Biba läßt für die Sonnenbeobachtung eine neue Bandbahn bauen, die den äußeren Teil des Pallas-Rumpfes in der Mitte umspannt. Lesa sagt dem Biba das Wichtigste über die Sonne. Bombimba will wie Lesa in das Kopfsystem, es gelingt ihm aber nicht; er wird von Labu aufgenommen. Die Quikkoïaner wollen wieder das Künstlerische auf dem Pallas fördern. Dort ist aber alles mit Sternbeobachtung beschäftigt. Zwei Meteorgeister kommen in die Nähe des Pallas und umkreisen Turm- und Kopfsystem, sind aber unnahbar, da sie zurückdrängende Atmosphäre haben. Das Kopfsystem kommt tiefer herunter und verbindet sich ganz fest mit dem Rumpf. Lesas blaugrünliches Licht ist jetzt öfters unten zu sehen – zuweilen an vielen Stellen zu gleicher Zeit.

Biba wollte gleich anfangs, als der Quikko den Pallas noch nicht als Mond umkreiste, eine neue sehr breite Bandbahn anlegen, die nur für die Sonnenbeobachtung die Mitte des Pallas-Rumpfes von außen umgeben sollte. Und die Bahn sollte ganz langsam fahren und von links nach rechts geleitet werden, während der Pallas von rechts nach links sich drehte. Diese Drehung sollte durch die Bahn aufgehoben werden, damit man ungestört auf der Bahn sitzend die Sterne beobachten konnte – und besonders die Sonne und die Asteroïden.

Diese Bahn wurde denn auch bald gebaut. Und Biba beschäftigte sich danach so eifrig mit der Sonne, daß er zeitweise alles andre darüber vergaß. Auch ein großes Sonnenteleskop befand sich auf dieser langsamen Bandbahn.

Als der Biba mal außergewöhnlich lange an seinem Sonnenteleskop tätig gewesen war und nun sehr müde in seine Höhle zurückkehrte, um auf seiner kleinen Pilzwiese zu schlafen – da sah er plötzlich wieder das blaugrünliche Licht. Und er wußte gleich, daß Lesa wieder da war. Er horchte hin und hörte, wie Lesa hastig Folgendes sprach:

»Größte Qual und größte Seligkeit treten nicht nur sehr oft – nein – in unserm Sonnensystem – fast immer zusammen auf. Daran muß man sich gewöhnen. Die Sonne sagte mir schon, daß wir den Schmerz nicht fürchten dürfen – der Todesschmerz ist vielleicht der größte Schmerz. Er enthält aber auch die größte Seligkeit – diese Auflösung im Größeren und Stärkeren ist eine ganz außerordentlich großartige Empfindung. Viele Lebewesen können den Tod garnicht auskosten, da sie den Moment des Sterbens nicht festzuhalten vermögen. Es geht ihnen so wie uns, wenn wir einschlafen. Wir können auch den Moment, in dem wir einschlafen, nicht festhalten. Aber uns auflösen, wenn unsre Glieder durchsichtig werden, das können wir bei vollem Bewußtsein. Wir fürchten ja deshalb auch nicht den Tod. Aber viele andre Lebewesen in unserm Sonnensystem tun das. Lieber Biba, dieses weiß ich schon lange. Doch jetzt habe ich auch erfahren, was das Wichtigste der großen Sonnenphilosophie ist: wir sollen alle die größte Selbständigkeit erstreben und erlangen und gleichzeitig dabei stets darauf bedacht sein, uns dem Größeren unterzuordnen. Diese beiden Dinge kommen in Millionen Variationen immer wieder in und auf allen größeren und kleineren Sternen vor, die unsre große Sonne umkreisen. Auch die Kometen ordnen sich unter. Das Sichunterordnen ist das Größte. Sterben ist eigentlich auch nur ein Sichunterordnen. Das ist oft sehr schwer zu verstehen, da es ja der größten Selbständigkeit scheinbar widerstrebt. Indessen – es handelt sich ja immer um ein Sichunterordnen dem Größeren gegenüber. Darum ist Deine Idee vom Asteroïdenring ganz richtig. Der Saturnring kann vorbildlich für uns sein. Wenn wir einen großen Ring bilden – ist der gemeinsame Geist desselben zweifellos größer als der Geist der einzelnen Teile. Darum müssen wir alle darauf hinwirken, daß wir uns zusammenfinden. Wir kämen zusammen weiter. Dann wird es uns schließlich vielleicht auch mal möglich uns dem ganzen großen Sonnensystem unterzuordnen – vielleicht sterben wir mal in ihm – in dem ganzen großen System, in dem alle Planeten, Kometen und Meteorgeister leben. Lieber Biba! Denk an das Sterben des Asteroïdenrings. Es muß sehr qualvoll sein – aber doch eine ungeheure Seligkeit. Es ist ja das Sterben nur ein Sichauflösen in dem Größeren. Oh – das sage nur Allen – auch den lustigen Quikkoïanern. Der sich selber Quälende kommt immer weiter. Lebe wohl!«

Biba lag ganz still auf seiner Pilzwiese.

Das blaugrünliche Licht verschwand wieder.

Biba verbreitete das, was ihm Lesa gesagt.

Und es machte auf Alle einen großen Eindruck – besonders der letzte Satz von dem sich selber Quälenden.

Es starben mehr Pallasianer in der bekannten Art als bisher.

Bombimba wollte sich wie Lesa im Kopfsystem des Pallas auflösen, es gelang ihm aber nicht. Er stürzte zurück – und drei weitere Versuche mißlangen auch. Da klagte er über furchtbare Schmerzen. Und da nahm ihn Labu auf.

Bombimbas Schmerzen wurden viel besprochen, sonst hatten die Pallasianer vor der Auflösung noch niemals über Schmerzen geklagt. Jedenfalls unternahm es Niemand wieder, wie Lesa ins Kopfsystem zu springen; die Lehre von der Bedeutung der Schmerzen fand unter den Pallasianern keine Anhänger – selbst Biba meinte, daß diese Lehre mit Lesas neuem Zustande zusammenhängen müsse – in dem er von andern Sternen viele Dinge erfahre, die für den Pallasianer nicht so ohne weiteres verwertet werden könnten.

Lesa jedoch empfand immer deutlicher die Wichtigkeit der Schmerzen. Er bemerkte auch, daß auf vielen Sternen besondere unbequeme Einrichtungen aufrecht erhalten wurden, die nur dazu dienen sollten, den Lebewesen eine Lektion über die Bedeutung des Qualvollen zu geben.

Lesa hörte dabei mal neben sich ganz deutlich eine dröhnende Stimme, die da sagte:

»Empfindungen lassen sich doch nicht steigern, wenn man das Schmerzhafte peinlich vermeidet. Eine Steigerung der Empfindungen muß doch das Schmerzhafte mindestens streifen. Schmerz ist doch nur eine zu heftige Empfindung.«

Lesa wußte nicht, wer ihm das sagte – aber er behielt die Worte und wollte sie den Pallasianern mitteilen, merkte aber, daß sie die Geschichte vorläufig noch nicht verstehen konnten; ihr Leben floß immer noch allzu ruhig dahin.

Die Quikkoïaner wunderten sich sehr, daß die Bewohner des Pallasrumpfes nach Herstellung ihres Turms garnicht mehr an neue Unternehmungen dachten.

Und so kam man bald wieder auf künstlerische Pläne. Der kleine Nax suchte Dex, Sofanti und Nuse anzufeuern – auch wollte er den alten Labu aufrütteln. Aber die Vier sagten nach einiger Zeit, daß sie vorläufig von allen künstlerischen Arbeiten absehen möchten, da die Pallasianer viel zuviel mit der Beobachtung der andern Sterne beschäftigt seien.

»Daran haben«, sagte der Sofanti lachend, »die Quikkoïaner Schuld. Hätten die uns nicht auf der Außenseite des Rumpfes und am Turm so viele Sternwarten hergestellt – so wärs anders.«

Die Sternwarten kamen erst ordentlich zur Geltung, als mehrere sehr große Kometen am Pallas vorüberrasten – der Sonne zu. Man sah, daß jeder Kometenkopf aus ganz anderen Stoffen bestand. Der eine Komet hatte sogar weit vorragende Terrassen, die wie Flügel wirkten. Und Biba wollte auf eine dieser Terrassen hinaufgeschnellt werden. Der Komet raste aber zu schnell dahin, sodaß die Sprungseiltuchvorrichtung zu spät fertig wurde.

Die Folge davon war, daß man jetzt überall große Sprungseil- und Sprungtuchvorrichtungen anbrachte, die zunächst zum bequemen Hinüberkommen auf den Quikko dienten.

Auf dem Quikko ließen sich die größten Fernrohre durch Hautaufblasen herstellen. Größere Hautstücke ließen sich da nicht loslösen, sodaß auf dem Pallas nur Fernrohre mit kleinen Hautstücken hergestellt wurden, die künstlich aufgeblasen wurden, während sie sich auf dem Quikko ganz natürlich bildeten.

Hier sah nun der Biba nicht nur die Sonne viel größer als bisher; er sah auch die unzähligen Asteroïden und bemerkte, daß kaum einer dem andern ähnelte. Diese ganz verschiedenartigen Lebewesen zusammenzubringen, erschien darum dem Biba als sehr schwer zu lösende Aufgabe.

Auf dem Quikko gelang es auch, die Meteore zu beobachten. Und da sah man, daß auch sie astrale Lebewesen waren.

Und damit das den Pallasianern ganz deutlich wurde, geschah wieder etwas noch nicht Dagewesenes: zwei Meteorgeister kamen dem Pallas ganz nahe und – umkreisten den Pallasturm in großen Ellipsenbahnen – wie kleine Monde.

Man beschloß, zu den Meteorgeistern hinüberzufliegen. Dex und Nuse ließen sich hinüberschnellen. Sie kamen bis auf eintausend Meter an die Meteore heran – kamen dann aber nicht weiter; sie bemerkten, daß die Meteorgeister von einer ganz besonderen, sehr frisch wirkenden Atmosphäre umgeben waren, die zurückdrängend wirkte.

Die Meteore hatten viele lange zappelnde Gliedmaßen, die in allen Farben schimmerten. Auf den Körpern, die kaum hundert Meter lang waren, ließen sich kleine Lebewesen nicht entdecken. Die Teleskope auf dem Quikko zeigten dies ganz deutlich.

Der Kopf der Lebewesen ließ sich aber auch nicht entdecken. Eine Verständigung mit diesen astralen Riesen war ganz unmöglich, obschon man sich auf dem Quikko und Pallas die größte Mühe gab, die Aufmerksamkeit der Meteorgeister zu erregen. Trotzdem umkreisten diese den Turm und das Kopfsystem des Pallas mit dem größten Eifer, als fänden sie es sehr interessant.

Lange Zeit hindurch ließ man diese kleinen Monde nicht aus den Augen. Die Beweglichkeit der Gliedmaßen an diesen Geistern steigerte sich immer, wenn sie dem Kopfsystem des Pallas näher kamen.

Von den neuen Monden wurde man aber bald wieder abgelenkt. Der rote Lichtkegel, der von oben durch die Mitte des Pallas durchleuchtete, wurde eines Tages merklich kleiner, zog sich immer mehr hinauf und verschwand oben, ohne eine Spur zu hinterlassen.

Das Kopfsystem aber breitete sich im obersten Teile des Turms so heftig aus, daß ein Luftstrom nach unten entstand und die vergessene Sofanti-Musik im Centrum wieder zu ertönen begann.

Darauf wuchs das ganze Kopf System heftig weiter nach unten zu – umklammerte den ganzen Turm mit feinen Lichtarmen und mit großen, wolkig wirkenden Gasgebilden.

Und man sah nun ganz deutlich, wie sich immer wieder überall große Kometenschweife bildeten.

Und die großen Kometenschweife erleuchteten den ganzen Nordtrichter.

Das neue Wunder nahm natürlich die ganze Aufmerksamkeit der Pallasianer in Anspruch.

Man machte wieder mit Spiegeln den Versuch, das Licht der Kometenschweife abzulenken, und lernte dabei die Wirkung dieser Kometenschweife kennen – sie wirkten – einschläfernd.

Wer einmal von einem Kometenschweif getroffen wurde, begann sofort zu schlafen und sank auf den nächsten Hügel oder Turm und blieb da Stunden lang liegen. Der Getroffene konnte nicht einmal eine Pilzwiese aufsuchen. Natürlich brachten die andern Pallasianer den Eingeschlafenen sehr bald auf eine Pilzwiese.

Aber diese Kometenschweifwirkung erschien unerklärlicher als alles Andre; vom Verstehen einer Naturkraft konnte hier schlechterdings nicht mehr die Rede sein.

Und Lesa fühlte, daß das Kopfsystem mehr nach unten ging und sich mit dem Turm und dem Rumpf ganz fest verband. Und das brachte auch den Lesa wieder den Pallasianern näher; sie sahen jetzt Lesas blaugrünliches Licht sehr oft aufleuchten   zuweilen an mehreren Stellen zu gleicher Zeit.

Fünfundzwanzigstes Kapitel

Die Spinngewebewolke ordnet sich zu einem gleichmäßigen Ringsystem, was Biba für vorbildlich erklärt. Lesa erinnert den Biba an die Qualen, die die Pallasianer beim Turmbau ausgestanden haben, und kündigt ihnen große Schmerzenszustände an. Die kommen, als sich Kopf- und Rumpfsystem des Pallas endgültig zusammenschließen. Lesa hat dabei die größten Schmerzen auszustehen. Der ganze Pallas wird so gewaltig erschüttert, daß selbst einige Bandbahnen zerreißen und der große Turm zu klirren beginnt. Danach fühlt Lesa, daß er mit dem Doppelstern ein einziges Wesen geworden ist, und es beginnt ein neues Leben für ihn – und alles nähert sich einander – auch die Sterne des Asteroïdenringes nähern sich einander.

Die Spinngewebewolke hatte sich nun auch verändert. Sie war immer weiter vom Kopfsystem abgerückt und hatte allmählich eine ganz regelmäßige Kranzform angenommen. Der Kranz wurde immer flacher. Und man sah schließlich vom Pallas und vom Quikko aus, daß sich auch die roten kleinen Köpfe regelmäßig überall verteilten. Nun sah man auch, daß die feinen Fäden tatsächlich lange Gliedmaßen bildeten. Sie schlangen sich so durcheinander, daß zwischen ihnen immer mehr Raum frei blieb. Der Wolkencharakter des Ganzen verging somit. Eine Annäherung an dieses Miniaturringsystem blieb auch jetzt unmöglich – eine Verständigung mit den feinen Fadenwesen ebenfalls. Das Ganze besaß nach wie vor eine starke zurückdrückende Kraft, die schon in einer Entfernung von tausend Metern einsetzte.

»Das ist beinahe vorbildlich«, sagte Biba, »sowohl für uns – wie für den großen Asteroïdenring.«

Während Biba das neue Ringsystem von einem Balkon der Turmlaterne aus beobachtete, bemerkte er vor sich in der Luft wieder das blaugrünliche Licht, durch das der Lesa seine Nähe anzeigte.

Und Lesa sagte durch einfache Übertragung der Gedanken:

»Wie schnell doch die Pallasianer alles Mögliche vergessen! Ihr wollt nichts von der Bedeutung des Schmerzes wissen – so als hättet Ihr stets in weichlicher Untätigkeit gelebt. Und das ist doch garnicht der Fall. Ihr habt doch mit so ungeheurer Kraftanstrengung den großen Turm gebaut. Habt Ihr dabei nicht genug Schmerzen empfunden? War das nicht für uns alle zusammen eine große Qual? Und als alles fertig war, da kams Euch doch wie eine Erlösung vor. Allerdings dann kam gleich so viel Neues, daß Ihr Eure Arbeit schnell vergaßet. Lieber Biba, sage doch Allen, daß sie den Schmerz nicht unterschätzen dürfen. Vielleicht habt Ihr in allernächster Zeit Furchtbares zu ertragen. Bereitet Euch vor. Ich fühle, daß ich mich Euch nicht mehr lange verständlich machen kann. Vergiß nicht, was die Sonne sagt. Lebe wohl!«

Biba hörte, wie das Licht mit einem leisen Knall erlosch. Und er eilte auf den nächsten Bandbahnen zu einer großen Signalstation und machte von dort aus alle Pallasianer aufmerksam, daß er Neues mitzuteilen habe.

Und es berührte dieses Neue alle Zuhörenden wie etwas Grausiges – noch nie Geahntes.

Und gleich danach wars dem Lesa so, als hätte er noch einen Körper wie einst – aber einen viel längeren und breiteren – und es ging ein Schauer durch seinen Körper – und er fühlte, daß alles in ihm zitterte. Und einen stechenden Schmerz empfand er bald da und bald dort.

Und dann fühlte er einen Starrkrampf in seinen neuen Sehorganen – und sie gingen alle nach unten – und verbanden sich mit dem großen Pallas-Rumpf – wurden mit diesem eins. Das aber griff alle seine Sehnen und Muskeln furchtbar an, daß er hätte schreien mögen.

Ganz finster wurde es. Lesa sah nichts mehr. Er fühlte nur noch reißende zerrende Schmerzen, die immer stärker wurden.

Und die Pallasianer empfanden plötzlich ähnliche Schmerzen – wie der Lesabéndio. Die Schmerzen waren nicht so stark wie die, die oben der Lesa empfand. Aber die Pallasianer schrieen doch laut auf.

Und das schmerzliche Geschrei hallte unheimlich im Nordtrichter. Dazu brauste die Sofanti-Musik mit tiefen stöhnenden Tönen.

Die kometarischen Ausströmungen des Kopfsystems umflackerten grell mit Tausenden von zuckenden Scheinwerfern den großen Turm und kamen hinunter und blitzten durch den Nordtrichter – und auch durch den Südtrichter. Der ganze Pallas-Rumpf schien in elektrischen Flammen zu brennen. Und der Pallas zitterte.

Und dieses Zittern brachte den großen Turm zum heftigen Schwanken.

Das Schreien der Pallasianer wurde so furchtbar, daß Alle glaubten, der Stern würde gleich entzwei bersten.

Die Sofanti-Häute dröhnten und brausten so heftig, daß einzelne Häute mit lautem Knall entzwei rissen.

Die Quikkoïaner, die auf dem Pallas waren, fielen sämtlich in Ohnmacht und lagen bewußtlos da. Und Niemand kümmerte sich um sie.

Biba und Labu, die den Schmerzen am kräftigsten Widerstand leisteten und nur stöhnten – nicht schrieen – blickten durch Teleskope außen nach den übrigen Asteroïden hinüber und sahen, daß dort auf vielen der kleinen Sterne elektrische Ausstrahlungen entstanden.

»Es geht etwas Furchtbares vor!« rief Biba dem Labu zu.

Labu antwortete nicht.

Biba sah danach zur Sonne – und entdeckte auch dort heftige Sturmfackeln auf der Oberfläche – viel mehr als sonst.

»Ich glaube«, sagte er stöhnend, »daß wir vielleicht nur näher aneinandergebracht werden sollen. Und das ist so schmerzhaft. Wenn jetzt der Lesa was sagen würde!«

Aber Lesa sagte nichts.

Allmählich ließen die Schmerzen der Pallasianer nach. Und man kam wieder zusammen und besprach dieses allerneueste Wunder, das Allen die Bedeutung des Schmerzes klargemacht hatte. Und Biba sagte, was er für den Grund des Ereignisses hielt.

»Das Kopfsystem des Pallas«, meinte er, »verbindet sich mit dem Rumpfsystem. Der alte Stern Pallas erwacht zu ganz neuem Leben. Das ist eine furchtbare Empfindung – so zu neuem Leben zu erwachen. Der große Zusammenschluß von oben und unten hat stattgefunden. Das ist auch vorbildlich für die anderen Asteroïden; sie haben auf den Pallas-Schmerz reagiert – ich habs gesehen – die Sonne zeigte sich auch dadurch bewegter. Wir sollen uns deshalb auch mehr zusammenschließen. Künstlerische Gegensätze dürfen uns nicht mehr einander entfremden.«

»Ich glaube«, sagte Labu darauf, »daß alles Künstlerische auf dem Pallas vielleicht doch nur Mittel zum Zweck war.«

Dem stimmten sehr viele Pallasianer zu.

Dann suchte man die Quikkoïaner und brachte sie allmählich wieder zum Bewußtsein. Sie waren über das neue Ereignis sehr erstaunt und wollten alle zum Quikko hinuber.

Die Pallasianer, die während der Erschütterung des Pallas auf dem Quikko sich aufhielten, hatten nur ein leichtes Zucken in ihren Gliedern verspürt.

Das hatte zur Folge, daß sich jetzt sehr viele Pallasianer zum Quikko hinüberschnellen ließen, um dem nächsten Sturm zu entgehen. Alle Quikkoïaner verließen den Pallas.

Aber auch auf dem Quikko war vieles anders geworden. Der kleine Stern drehte sich nicht mehr um sich selbst.

Auch die Glieder der beiden Meteorgeister, die oben den Pallaskopf umkreisten, waren ganz steif geworden.

Lesas Schmerzen waren aber währenddem noch nicht zu Ende. Sein Starrkrampf wurde plötzlich noch viel mehr gesteigert. Er hielt es nicht mehr aus. Er wollte mit Gliedmaßen, die er garnicht hatte, ausgreifen, wollte sich fortwinden und konnte doch nicht. Er fühlte, daß er gefesselt war – unten an den Rumpf.

Und da fühlte er zugleich mit dem Pallas-Kopf und mit dem Pallas-Rumpf zusammen – daß er mit Beiden ein einziges Wesen sei – und daß jetzt ein neues Leben für ihn begann – ein Pallas-Leben.

Dieser zweite Starrkrampf, der den ganzen Doppelstern gepackt hatte, wirkte noch viel furchtbarer als der erste.

Der Turm klirrte.

Die Sofanti-Musik zerriß plötzlich, da alle Häute mit einem Ruck zerrissen.

Der ganze Pallas-Rumpf bebte noch einmal so heftig, daß auch mehrere Bandbahnen zerrissen.

Doch danach wurde plötzlich Alles ruhig.

Die kometarischen Ausstrahlungen am Turm und in den Trichtern wurden mit einem Male ganz ruhig und leuchteten – die Turmlaterne leuchtete am hellsten – aber auch ganz ruhig.

Die Pallasianer konnten dieses Mal den Schmerz überwinden. Es schrie Keiner.

Biba sagte still:

»Ich glaube, daß sich jetzt alles zusammengeordnet hat. Es wird nicht mehr Erschütterndes kommen. Wir wollen jetzt auch zusammenbleiben und zu unsern Teleskopen fahren. Die zerstörten Bandbahnen müssen wir auch gleich ausbessern.«

Und man besserte die zerstörten Bandbahnen wieder aus und begab sich dann zu den Teleskopen, um die Asteroïden zu beobachten.

Lesabéndio aber fühlte ganz anders als einst; er fühlte, daß er allmählich ganz zum Stern wurde. Die Interessen der Pallasianer berührten ihn nicht mehr. Er bemerkte auch, daß er abermals neue Organe bekam – mit der Atmosphäre seines Sterns konnte er allmählich sehen – die Atmosphäre wirkte auf allen Seiten für ihn wie ein kolossales Teleskop.

Und dann sprach Lesa mit dem Quikko und mit den Meteorgeistern und auch mit den feinen Wesen, die einst als Spinngewebewolke dem Pallas so helles Licht spendeten.

Darauf fühlte Lesa, daß er mit seinem Doppelstern auch hinüberreichen konnte zu den andern Asteroïden.

Und dort sprach man überall von der Notwendigkeit der gegenseitigen Annäherung.

»Der Asteroïdenring muß ein Einheitliches werden!« sagten Alle, »wir kommen weiter, wenn wir zusammen sind – wie die Geister der Saturnringe. Es wird natürlich noch viele Schmerzen erzeugen.«

Lesa fühlte, wies ihm noch immer in allen Gliedern zuckte.

Aber das ging vorüber.

Und er fühlte nur, wie er sich langsam drehte. Und er fühlte, daß er allen Sternen immer näher kam.

»Wir wollen einander«, sagte er in seinen Gedanken zu sich selbst, »immer näher kommen, wenn auch furchtbare Qualen zu überwinden sind. Es ist doch eine Seligkeit – wenn man sie überwunden hat. Ich fühls. Auch das Sichunterordnen ist sehr schmerzhaft. Aber notwendig ist es doch. Und ich ordne mich so gerne den größeren Sternen unter – besonders der Sonne.«

Und da reckte er kraftvoll seinen ganzen Leib – und er fühlte, daß sein Leib der ganze Pallas-Rumpf war.

Und der Doppelstern drehte sich weiter.

Und die Asteroïden begrüßten den zu neuem Leben erwachten Doppelstern mit glänzenden elektrischen Lichtern.

Lesa träumte, er sei jetzt ganz frei und könne hinkommen, wohin er wolle – er hätte jetzt Sternkräfte.

Und es war ihm dann, als spräche er mit den Saturnringen und mit den Monden des Saturn – und da kam der Quikko und sagte:

»Bleibe bei uns.«

Und da kehrte Lesa zurück.

Und er sah den ganzen Stern Quikko – auch sein Inneres – das war so milde – als wärs aus lauter streichelnden Händen zusammengesetzt.

»Wir kommen immer weiter!« hörte Lesa leise aus dem Quikko heraustönen.

Doch donnernd rief die Sonne dazwischen:

»Wenn wir Schmerz und Tod nicht fürchten!«

Lesa hörte Beides.

Und er drehte sich ruhig weiter und empfand eine große Ruhe. Und es kam ihm so vor, als ginge er leicht hinüber in ein neues Reich, in dem alles ganz sanft hin und her schwankte – wie flüsternde Manesi-Ranken – unten am großen Turm.

»Mit Allen zusammen!« sagte Lesa ganz still.

Und die grüne Sonne strahlte so hell auf – als wäre auch auf ihr ein neues Leben erwacht.

- Ende -